転生悪役令嬢ですが、断罪されても嫁いだ先で円満夫婦を目指します！

ツンデレ公爵様の溺愛は想定外

まつりか

✦

Illustration

森原八鹿

転生悪役令嬢ですが、断罪されても嫁いだ先で円満夫婦を目指します！
ツンデレ公爵様の溺愛は想定外

contents

一章　蘇った記憶

「――ま、クローディア様っ！」

誰かの声に、重い瞼を上げる。

薄らと開かれた視界から差し込んできた明るい光の中に、ぼんやりとした人影が映った。

何度か瞬けば、徐々にその姿が鮮明になる。

こちらを覗き込んでいるのは、お仕着せ姿の壮年の女性だ。

両目からぼろぼろと涙を溢し、私の手を握りしめながら、その顔をくしゃりと歪めている。

こちらを見つめる彼女に向かって、唇を動かした。

「エマ……？」

「はいっエマでございます！　ああ、神様になんと感謝すれば……クローディア様のお命を救ってくださりありがとうございます！」

そう叫んだ侍女は、天に向かって祈りを捧げはじめた。

感極まるエマの様子を眺めながら、霞がかった思考を辿っていく。

――『クローディア』。私の名前……？

それが自分の名前であることは理解できるのに違和感が消えないのは、今の私に『別の自分』の名前で呼ばれた記憶があるからだろう。

見慣れた天井、幼い頃から面倒を見てくれていた側付きの侍女のエマ。

クローディアとしての記憶は確かにあるのに、肝心のクローディアとしての感覚が無い。

腕を上げようとすれば、確かに動く。

身体の動きにつれてふわりと揺れた袖も、自身が身に纏（まと）っている薄桃色のナイトドレスも見覚えのあるものだった。

自分の身体であることは間違いないはずなのに、ふと視界に入った爪が、まるで桜貝のように丁寧に整えられているのを見ると、この指は誰のものだろうという疑問が浮かんでしまう。

「ああクローディア様、生きていてくださって本当に良かったです！　死を選ぶほどにお辛い思いをされていたことに気付くことができず、申し訳ございませんでした。まさか毒を呷（あお）るほど思い詰められていただなんて……」

私の身体を起こしながら何度も謝罪を繰り返すエマの言葉に、呆然（ぼうぜん）と目を瞬かせた。

「毒……?」

聞き慣れない単語を復唱すれば、エマは項垂（うなだ）れるように顔を俯（うつむ）けると再び涙を滲（にじ）ませる。

「はい、もう少し発見が遅ければ死に至っていただろうとお医者様は……こうして命を繋（つな）ぎ止（と）められたのは奇跡だとしか言いようがありません！」

よくぞ息を吹き返してくださいましたと歓喜の声を上げるエマの様子からするに、今語られた話は冗談ということはないだろう。

しかしエマの語った内容について、大変申し訳ないが全く心当たりがない。

神に祈りを捧げているエマの様子を眺めながら、頭の中にある記憶を辿り始めた。

私はクローディア・ラクラス。ラクラス伯爵家の長子であり、十八年間両親の元で育ち、一つ年下の弟との四人家族だ。

幼い頃から側付きをしてくれていたエマの存在、教養やマナーを教えてくれた講師の名前、貴族学園で学んだ知識、家族の顔や邸の使用人たちの名前などははっきりと思い出せる。

これまでの記憶が全くないわけではなさそうだが、記憶を辿ろうとすると、なぜかあちらこちらに靄がかかったように霞んでいた。

今私が思い出せる最後の記憶は、明るい薄黄色のドレスに身を包み貴族学園の卒業パーティーに向かうため、馬車に乗り込もうとしたところだった。

護衛騎士の手を借りて馬車に乗り扉が閉められたところで、ふつりと記憶の糸が途切れている。

学園の卒業パーティーが終わった後は、王城での夜会に参加する予定だった。

卒業パーティーに向かおうとしてからの記憶が、ごっそりと抜け落ちているのはなぜなのか。

「お嬢様」

不意にかけられたエマの声に思考から引き戻される。

声のほうを振り向けば、その目を真っ赤にはらした彼女が深々と頭を下げた。

「あの夜、お一人にしてしまって……本当に、本当に申し訳ございませんでした」

その言葉に、先程の話を思い出す。

そういえば彼女は、私が毒を呷ったと口にしていた。

「ええと……私はいつ毒を？」

「一昨日の夜です。卒業パーティーの後の夜会から戻られたクローディア様は、一人になりたいとおっしゃり、その様子がいつもと違うことを感じながらも私はお傍を離れてしまいました。……あの夜、お嬢様をお一人にするべきではありませんでした」

「だ、大丈夫よエマ。私はこうして生きているし、貴女に責任はないわ」

己を責める彼女の様子に、何とか落ち着いてもらおうとその手を握る。

少しかさついたエマの手を両手で包めば、感極まった彼女はその目から再び滝のような涙を溢れさせた。

「いいえ！　本当に、本当にこの私の配慮が足りなかったのです！　あれほどまでに尽くしていた殿下に婚約破棄され、あの『嫌われ公爵』に嫁がされることになったのですから、クローディア様が死を選びたくなるお気持ちも当然です！」

「殿下？　婚約破棄？」

聞きなれない単語に、思わず目を瞬く。

身に覚えのない単語のはずなのに、それらはなぜかあまりに既視感を覚えるものだった。

私の言葉にくしゃりと顔を歪めたエマは、正に鬼の形相といった顔で唇を噛みしめる。

「さようでございます。あのクソ――いえ、お嬢様の婚約者であった第三王子のロレンス殿下は、あの日、王宮の夜会で突然婚約破棄を告げてきたのですよね？　しかもその場で、あの悪名高い『嫌われ公爵』に嫁ぐよう王命をくだされたと……同行した者たちから話を伺ったときは腸が煮えくり返って、すぐにでも王城に馬の糞を投げつけに行こうかと思いました」

怒りを滲ませながら震える声で語るエマの言葉に、私は目を瞠った。

身に覚えはないものの、第三王子の婚約者という立場、学園卒業と同時の婚約破棄、王命によって嫌われ者に嫁がされる。

そんな存在に、なぜか心当たりがあった。

――『王子』『婚約破棄』『嫌われ公爵』？

それらの単語を心の中で呟いた瞬間、まるで堰を切ったのように『別の自分』の記憶が溢れ出す。

クローディアではなかった頃の記憶が鮮やかに蘇り、その膨大な記憶に呑まれ、ふらりと身体が傾いだところをエマの腕に抱きとめられた。

「お嬢様!?　大丈夫ですか？　もしやどこか身体の調子が――」

「いえ、大丈夫よ。少し混乱してしまっていて」

溢れかえる記憶にぐらぐらと揺れる思考を抑え込みながら、心配そうにこちらを覗き込むエマに笑顔を向けた。

　私の中に流れ込んできた記憶。

　それは、クローディアではない『別の自分』として生きていた記憶だった。

　平凡な一般家庭に生まれた私は、就職を機に家を出て一人暮らしを始めて、社会人として会社勤めをしながら、趣味で恋愛小説やゲームなどを楽しんでいた。

　ときにはそれらにのめり込みすぎて、眠い目をこすりながら出勤したこともある。

　そんな前世の記憶を辿っていれば、ある結論に思い至ってしまう。

　――これっていわゆる異世界転生よね？

　恋愛小説でも特に好んでいた異世界転生ものは、前世で好きだった漫画や乙女ゲームに転生する作品が多く、何かのきっかけで前世を思い出してストーリーを変えていくのが王道だった。

　そういった作品にありがちだったのは、ヒロインに意地悪をする悪役令嬢に転生してしまうパターンで――。

　そこまで思い出してハッと顔を上げる。

　もしかして、と思いながら恐る恐るエマのほうに視線を向ければ、心配そうにこちらを窺う彼女と視線が合った。

「……私は第三王子の婚約者だったのよね？」

「はい、クローディア様は幼い頃から第三王子のロレンス殿下と婚約を結んでおられました」

幼い頃に結ばれた王子との婚約。

「……長年の婚約者だった私は、どうして婚約破棄をされたのかしら」

「殿下は、お嬢様が嫉妬から男爵令嬢に意地悪をしていたため、そのような素行の悪い令嬢は王族の婚約者に相応しくないなどと口にしていたそうです。更には、その男爵令嬢を新しい婚約者とすると……きっと男爵令嬢に心を奪われた殿下が、お嬢様を貶めようとしたに違いありません！　全く腹立たしい！」

私の問いに答えながら、エマは苛立ち紛れに床を踏みしめている。

貴族学園で王子が男爵令嬢と恋に落ちるのは、乙女ゲームでよくみかけた王道ストーリーだ。

嫉妬からの意地悪に、夜会での婚約破棄宣言。

まさによくあるお決まりの展開である。

「もちろんクローディア様が意地悪なんてしていないことは存じております！　王子の婚約者としてお嬢様は立派に努めておられました。学園内でも他生徒の模範となるよう努力されておりましたし、あのロレンス殿下を献身的に支えていらっしゃいましたから！」

王子の名前を呼ぶ前の『あの』を強調するあたり、エマは相当元婚約者に対する憤りを覚えているのだろう。

自分に代わって怒ってくれているその姿を嬉しく思いながらも、今耳にした一連の流れが、あまりに聞き覚えがありすぎることに頭が痛くなり始めていた。

「婚約破棄した直後に別の男に嫁げだなんて、女性の尊厳を踏みにじっています！　しかも一週間後には嫁げだなんて――」

「エマ、ありがとう。私の代わりに怒ってくれて嬉しいわ」

憤る彼女の手を両手で包んで微笑(ほほえ)みかければ、エマはようやく落ち着いたようで、ぽろぽろと涙を溢し始めた。

私に代わって怒りを示してくれる彼女を前に、なんだか申し訳なく思いながらも、その背中をさすりながら小さく心の中で呟く。

――私、間違いなく悪役令嬢だわ。

通勤の合間や休憩中、空いた時間に読んでいた恋愛ファンタジー。

休日に趣味として楽しんでいた乙女ゲーム。

それらによく登場していた悪役令嬢は、大体がヒーローの婚約者であり、ヒロインの恋路を邪魔する存在だった。

一概に悪役令嬢だからといっても、必ずしも悪役というわけではないはずだが――。

――これはどう考えても、バッドエンド後よね。

導き出された結論に、遠い目をしてしまいそうになる。

既に婚約破棄をされている上に、別の男に嫁がされることが決まっているなんて、どう考えても悪役令嬢クローディアはバッドエンドを迎えていた。

そもそも一度毒を呷って死のうとしていたのだから、既にエンディングの幕を引いてしまった後のようなものだろう。

行き着いた答えに、溜め息を溢しながら肩を竦めた。

ふと視線を動かせば、大きな窓に映った自身の姿が映る。

抜けるような白い肌に、ふわりと広がる金色の髪。手入れの行き届いた美しい金髪は、毛先に向かって柔らかく波打っている。

きりっと吊り上がった空色の瞳は、まさに悪役令嬢といったふうで思わず笑いそうになってしまった。

前世の記憶を取り戻したせいで、なんだか他人の顔を眺めているような気分になってしまったが、自分の顔を見て改めて納得してしまう。

前世の記憶を取り戻すまでは吊り上がった目元がコンプレックスだったが、自分が『悪役令嬢』だと考えれば、この見た目もそういうことだったのだろう。

次期、王子妃として、これまで美容にも身だしなみにも注力して教養も身につけてきたが、それでも婚約破棄されるなんて、よっぽど『悪役令嬢』としての役割は強いらしい。

小説なのかゲームなのか、作品タイトルにも何一つ心当たりはないが、現在置かれている状況から自分が悪役令嬢であることだけはわかる。

第三王子に婚約破棄をされ、嫌われ公爵とやらに嫁がされる運命を目の前にして、毒を呷ったクローディア。

これまでの情報から、この物語の悪役令嬢は、正に数日前に断罪されバッドエンドを迎えたのだろう。

――できれば、バッドエンドの前に記憶を取り戻したかったわ。

そんなことを考えても今更かと思いながらも、頭を抱えながら溜め息を溢す。

第三王子に宣言された婚約破棄は覆らないし、嫌われ公爵とやらに嫁がされるのも王命であれば決定事項だ。

前世の記憶が甦ったせいか、元婚約者の第三王子について全くと言っていいほど記憶が残っていないのは幸いだった。

――変に未練があっても、つらくなるだけだもの。

そう胸の内で呟いた瞬間、室内に大きな音が響く。

「クローディア！　目を覚ましたの⁉」

声のしたほうへ視線を向ければ、波打つ金髪を振り乱しこちらを凝視する美しい女性の姿が映った。

「お母、様……？」

私の声に扉から飛び込んできた女性は、その両腕で私を苦しいほどに抱きしめた。

「クローディア、無事で良かった！　どんなに心配したか！」

布越しには、温かな体温が伝わってきた。よかった、よかったと呟く声と共に、母の涙が肩口に滲む。

「お母様、心配かけてごめんなさい。私は大丈夫です」

小さく謝罪を口にしながら背中に腕を回せば、彼女の腕が更にぎゅうぎゅうと私の身体を締め付けた。

「クローディア、無事か⁉」

「姉上！」

母に遅れて扉から顔を覗かせたのは、ラクラス伯爵である父と一つ年下の弟レイズだった。

駆け寄ってきた二人は、私の頬に髪にと触れ、体温を確認してようやく安堵したように胸を撫で下ろす。

「ああ、無事だな。良かった」

「良かったです……もしも姉上に万一のことがあったら、ロレンス殿下に決闘を申し込むつもりでしたから」

瞳に涙を滲ませながら物騒なことを口にする弟の横で、父は低く唸り声を上げた。

「まさかロレンス殿下があんなことを言い出すとはな」

家族の様子から、先程エマに聞いた夜会での一連の出来事については、既に周知の事実となっているのだろう。

婚約破棄を告げられたという立場を思い出し、思わず肩を窄めそうになっていれば、ぽんと肩に手が置かれる。

顔を上げれば、父が真剣な表情でこちらを見つめていた。

「クローディア、殿下はあの夜会で『王命』だと言ったようだが、それについては確認状を出すつもりだ」

「確認状を……？」

確認状とは、身分の下の者から上の者へ、真実を確認するために出す書状のことだ。

私の声に、父はこちらを見据えたまま深く頷く。

「ああ、伯爵令嬢であるお前の嫁ぎ先を勝手に決めるなど横暴でしかない。更には、その嫁ぎ先がハウザー公爵家だというのに、当の公爵家から我が伯爵家には何の打診も来ていない。つまり、あの夜会での彼の発言が本当ならば、王家が一方的に伯爵令嬢を公爵家に押し付けようとしているというとんでもない事態になる。そんな『王命』を、ロレンス殿下の一存で出せるはずがない」

「そうですよ！　王家による公爵家への嫌がらせじゃないかって噂にもなっています。そんな嫌がらせに姉上を利用しようとするだなんて許せません！」

いつも柔和な笑みを絶やさない父が静かに怒りを顕わにし、穏やかな性格のレイズが声を荒らげている。

そんな姿に驚きつつも、つい頬が緩んでしまいそうになった。

悪役令嬢である自分にも全力で味方してくれる家族の存在があることに、じんわりと心に温かいものが広がっていく。

「クローディア、心配しなくていいのよ。私たち家族はどんな状況になっても貴女の味方なのだから」

そう言いながら、ゆっくりと髪を梳(す)いてくれる母の手の温(ぬく)もりに、思わず視界が滲んでしまった。

どんなときも優しさで包み込んでくれた母、毅然(きぜん)とした態度で私を守ろうとしてくれる父、私の代わりに怒ってくれている弟。

これほど家族に恵まれているにもかかわらず、死を選ぼうとした私はどれほど愚かだったのだろう。

「……ご心配をおかけしてしまい、申し訳ありませんでした」

そう小さく口にすると、ぽつりと零(こぼ)れた雫(しずく)が頬を伝った。

悲しいからではなく安堵から零れたそれを、母が指先で優しく掬(すく)ってくれる。

「謝らなくていいのよ。クローディアが生きてくれてさえいれば、それだけで私たちは幸せだもの」

そう囁(ささや)く母の腕に包まれると、堰を切ったように涙が零れたのだった。

・・*

「やあ、クローディア嬢」

周囲の緊張した空気には似つかわしくない穏やかな声を上げた相手は、柔和な笑みをこちらに向けている。

お忍びの馬車で内密に我がラクラス伯爵家に訪問してきたという彼は、華やかな衣装を覆うように、その身を外套(がいとう)で包んでいた。

突然の来客の連絡を受け、急ぎ一番仕立てのいいドレスを身に纏った私は、客間の奥に腰を下ろした彼に向かって最上級の礼を取る。

「我がラクラス伯爵邸にお越しくださりありがとうございます。ライオネル王太子殿下」

私に名を呼ばれた彼は、その眩い金髪を掻き上げると、整った顔立ちを綻ばせるように空色の瞳をゆっくりと細めた。

前世の記憶を取り戻したあの日から、早数日。

この数日の間に、曖昧だった記憶もほぼ取り戻していた。

現在、私の視線の先に座っている人物は、我が国の王太子殿下であり第一王子であるライオネル殿下だ。

御年二十六歳となる彼は、数年前に他国から妃を迎え、二人の幼い王子を持つ父親でもあり、近々王位が継承されるだろうとも言われている人物だった。

「突然の訪問になってしまい申し訳ない。今回は内密な相談ということでこちらに出向いたのだから、そう畏まらなくていい」

にこりと微笑みかけられ、向かいに座るよう促されれば断ることなどできない。

騎士団の訓練にも参加しているという彼は、その鍛えられた体躯も合わさり、次期国王となるに相応しい貫録を感じさせた。

小さく呼吸を整えながら足を進め、王太子殿下の向かいの席に腰を下ろせば、人払いの指示をされたのか、すぐに室内は私たち二人と数人の護衛のみとなる。

静まり返った空間の中で、用意されていたお茶に口を付けた彼は、静かにそのカップを置いた。

「まずは、体調が回復されたと聞いてほっとしたよ。クローディア嬢が無事で良かった」

「……お気遣いありがとうございます」

彼の発言の意図が読めず、硬質な声で返答をしてしまう。

こちらの警戒に気付いたのか、ライオネル殿下はふっとその目を細めると、その脚を組み替えた。

「例の夜会では、弟が失礼した。『嫌われ公爵』との婚姻を苦に、服毒自殺を図ったと噂に聞いたときには胆が冷えたよ」

殿下の言葉に、ざわりと心の内がさざめく。

言いようもない不快感を覚えて、無意識にその手を胸元に当てる。

――違う。

心に浮かんだ怒り交じりの声は、根も葉もない噂に対してか、無責任な王家に対してか。

記憶の混濁から数日経て、私はあの夜――夜会から戻った自分が毒を呷るまでの記憶を、取り戻していた。

「……違います」

ぽつりと漏れた声に、殿下は小さく首を傾げる。

「どこか誤りがあったかい？」

不思議そうにこちらを見つめる彼に向かって姿勢を正すと、真っ直ぐに相手を見据えた。

「私が毒を口にしたのは『嫌われ公爵』との婚姻が嫌だったからではありません」

私の言葉に、殿下はその空色の瞳を大きく見開く。

驚きを露わにした相手を前に、深く息を吸うと、ゆっくりと口を開いた。

「私は、幼い頃に王族の婚約者となってからこれまで、王家に準ずる淑女教育を受けて参りました。力量不足でご迷惑をかけることも多々あったかと思いますが、講師の方々のご指導の下、この国の貴族女性として恥じない教養と振る舞いを身につけたと自負しております」

講師の期待に沿えない自分の未熟さが嫌で、王城の庭園に逃げ込んだこともあった。

しかし、その度に役目を投げ出してはいけないと自分を奮い立たせ、己の役目と向き合ってきた。

「私は、己が正しい振る舞いをしていれば、正しい評価を返してもらえると妄信していました。誰にも恥じない清廉潔白な自分でいれば、いつか誠実な愛を向けてもらえる日がくると信じていたのです」

それが無駄な努力であったことは、図らずもあの夜会の日に証明されてしまった。

身に覚えのない所業をでっち上げられ、周囲に手を回して私を陥れるべく動いていた元婚約者に、私は心底失望した。

「婚約関係にあった間、長年殿下に尽くし全力で支えてきたつもりでした。しかしあの夜、婚約破棄を告げられたことで、これまでの努力が全て無駄だったことを思い知りました。彼に過ちを自覚させ、王族として今後の振る舞いを正してもらいたかった。私は死を以って、彼の婚約者としての役目を終

える つもりでした」

婚約者なのだからと脇目もふらず、彼のために尽くしてきた六年間。

それが空虚な努力だと知らずに過ごしていた自分は、なんと滑稽な存在だったのだろうか。

自分の間抜けさに、思わずドレスを掴(つか)む手に力が籠る。

毒を呷ったあの瞬間、私は第三王子の婚約者としての役目を全うしたのだ。

今現在に至っても、第三王子についてだけは記憶に蓋がされているかのように、その姿かたちを思い出せない。

それについて家族にも相談したが、返ってきたのは全員一致で『思い出す必要はない』という答えだった。

私が毒を呷ったのは第三王子との関係を断ち切るためであり、それ以上でもそれ以下でもない。

「毒を呷ったときに、第三王子の婚約者だった『私』は死を迎えました。今ここにいる私は、ラクラス伯爵夫妻である父と母の元に生まれ育った、ただのクローディア・ラクラスです。私の服毒が『嫌われ公爵』との婚姻のせいだという噂は、事実無根です」

そう告げると、座ったまま拝礼をする。

怒りにまかせて本心を口にしてしまったが、もしライオネル王太子殿下が第三王子を支持する立場だったならば、王家に対する侮辱罪に処される可能性もある発言だ。

緊張に身体を強張(こわば)らせていると、ふっとどこか笑いを含んだような吐息が聞こえた。

不思議に思ってちらりと視線を向ければ、にこにこと楽しげな笑みを浮かべる殿下の姿が映る。

「……殿下？」

私の訝（いぶか）しげな視線を意に介した様子もなく、殿下はにこやかな笑みを浮かべたまま楽しそうな声を上げた。

「はは、いやまさか君のほうからそう言ってもらえるとは。良かったなと思ってね」

「良かった……？」

怪訝（けげん）な私の声に深く頷いた彼は、その脚を組み替えながら改めてこちらに向き直った。

「実は、クローディア嬢に折り入って頼みごとがあるんだ」

「頼み、とは……」

嫌な予感がする。

ひくりと口元が引き攣（つ）りそうになるのを抑え込めば、こちらの動揺に気付いたのか、殿下はその瞳を細めてゆっくりと口を開いた。

「クローディア嬢、君にハウザー公爵家へ嫁いでもらいたい」

強張りそうになった顔に、瞬時に淑女の笑みを張り付けなんとか耐える。

ハウザー公爵――それは第三王子が私を押し付けようとした『嫌われ公爵』のことだった。

「……その話については、父から確認状が届いたかと思いますが」

「ああ、そうだね。受け取っている」

内心の動揺を気取られぬよう笑みを浮かべたまま絞り出した私の質問に返ってきたのは、優雅な微笑みだった。

「その回答のために、私は君に『お願い』をしにきたんだ」

悠然と構えているライオネル王太子殿下の姿に、ようやくその意図を把握した。

王太子殿下の笑顔が、交渉のそれであることを悟って、改めて姿勢を正す。

「つまり、王家の回答としては、王太子殿下の『お願い』として、私をハウザー公爵家に嫁がせたいということですね？」

「はは、やはり君は敏いね。その賢さもクローディア嬢の魅力だ」

楽しそうに声を上げた殿下を目の前に、小さく肩を竦めた。

ラクラス伯爵である父が送った質問状には、王命の真偽を問う内容が記されていた。

第三王子の『王命』については、やはり独断だったか無謀と判断されたか、無効という判断が下されたのだろう。

しかし、大勢の貴族の前で第三王子が宣言した『王命』を無効にするのは王家にとって外聞が悪い。

その結果、こうしてライオネル王太子殿下が我が伯爵家に直々に出向き、嫌われ公爵との婚姻を『お願い』するという裏工作をするはめになったというところだろうか。

――公明正大と評される王太子殿下も、身内可愛さに行動をするのね。

小さな失望を含んだ溜め息を漏らせば、向かいに座る殿下は不思議そうに首を傾げた。

「おや、気乗りしない様子に見えるが？」

「……婚約破棄された直後の婚姻話に気乗りするほうが、どうかと思いますが」

「はは、それはそうだ」

からからと笑う殿下の様子にちらりと視線を向ける。

こちらの視線に気付いた彼は、にんまりとその顔に笑みを浮かべた。

「『嫌われ公爵』との婚姻は嫌ではないのだろう？」

先程私が口にした言葉を引き合いに出され、ぐっと言葉に詰まる。

「それに王家からの婚姻破棄が成立したとなれば、いくら優秀なクローディア嬢といえども次の縁談相手を見つけるのに苦労するだろう。そういう目で見ても、ハウザー公爵は王家の分家筋でもあるから身分的にも申し分ない」

王太子殿下の口にした言葉は至極理にかなった内容だった。

「さあ、どうかな。私としては聡明(そうめい)なクローディア嬢に、ぜひともハウザー公爵家に嫁いでもらいたいと思っているが」

にこやかな笑みを浮かべた殿下が口にしたのは全く選択の余地のない提案であり、私は是と頷く他はない。

半ば強制的にハウザー公爵家との婚姻を勧める姿勢を見れば、先程彼が弟の非礼を詫びたのは形だけで、結局は弟可愛さに私を説得しに来たのだろう。

——これも、悪役令嬢としての強制力なのかしら。

どう足掻こうと、元婚約者の望む通り『嫌われ公爵』に嫁ぐように物語が動いているのかもしれない。

「……ハウザー公爵にも、王太子殿下が『お願い』をされるのですか？」

「もちろん。彼もいい年だからね、簡単には断らせないさ」

自信に満ちたライオネル殿下の笑顔を見れば、詳細は聞かないまでも簡単に話を纏めてしまうことは容易に想像できる。

これ以上逃げ道はないことを悟り、両手を強く握ると顔を上げた。

「承知いたしました」

私の返答に、王太子殿下はパッとその顔色を明るくする。

「本当かい？　ああ、良かった」

その言葉が王太子としてなのか、第三王子の兄としてなのかはわからない。

悪役令嬢の断罪のためなのか、はたまた『嫌われ公爵』への嫌がらせのためなのか。

頭の中に浮かんだ疑問を、小さく頭を振って吹き飛ばした。

どちらだろうが私が歩むべき道は変わらない。

私は、この世界の悪役令嬢クローディア・ラクラスとして『嫌われ公爵』に嫁ぐのだ。

「私、クローディア・ラクラスは、王太子殿下の『お願い』を受け、ハウザー公爵家に嫁がせていただきます」

私の返答に、向かいに座る彼はその目を細めるようにして満足そうに微笑んだのだった。

＊・＊・＊

カタカタと揺れる馬車の中から、窓の外に広がる青空を見上げる。

生まれ育ったラクラス領を離れ、王都の別邸を中継して進んでいた馬車は、本日ようやくハウザー公爵領に到着する予定になっていた。

王太子殿下の内密な訪問を受けてから僅か一週間で、私は『嫌われ公爵』──もといハウザー公爵の元へと嫁ぐことになった。

殿下と話した内容を家族に話せば、私が納得しているのならばと両親は納得してくれたし、弟のレイズは『嫌われ公爵』に不満があればすぐに帰ってくるようにと声をかけてくれた。

優しい家族の心遣いに、つい頬が緩みそうになる。

後日伯爵邸に届けられた正式な婚姻状には、婚姻式を挙げるのは私がハウザー公爵邸に輿入れした日から一週間後と定められ、それまでは婚前の交流の時間が設けられると示されていた。

──『王命』でなく『お願い』になったからかしら。

そんなことを考えていれば、ふと王太子殿下の不敵な笑みが思い浮かび、げんなりと溜め息を溢してしまう。

溜め息ついでに伏せた視界には、自身の薄黄色のドレスが映った。

通常貴族同士の婚姻の場合、夫となる男性が妻となる女性のために輿入れ用のドレスを仕立てて贈るのが我が国の一般的な慣例だ。

それは恋い慕う相手の色を身に着けることが、好意を示す手段とされているからなのだが、今回は急な輿入れのためにドレスの仕立てが間に合わないという理由で、私は自身の手持ちの中で一番上等なものを身に着けていた。

たとえ時間があったとしても先方が用意してもらえたかどうかは不明だし、特に不満はないが婚約破棄をされた直後ということを考慮して馬車一つで移動していることについては、輿入れというよりも罪人の護送と言ったほうが近いように感じている。

――悪役令嬢の断罪とすれば、正しい流れよね。

つい浮かんでしまう自嘲の笑みを振り払うように頭を振ると、再び窓の外へと視線を向けた。

王都を出て、しばらく経(た)つ。

舗装された石畳の道が無くなってからは、長閑(のどか)な村々の光景が広がっていた。

あの日、ハウザー公爵に嫁ぐことを決意してから、短い間ながらも『嫌われ公爵』についての情報を集めてみた。

数少ない情報によれば、彼は『ありえない無礼者』であり、『社交界のつまはじき者』らしい。

その悪評から個人的な夜会にはまず招待されず、近年は王家主催の王宮舞踏会さえも参加していないという。

見た目についての情報が得られなかったことは残念だが、そこまで貴族女性に毛嫌いされるのだから、それなりの容姿をしているのだろう。

そうは言っても、彼がどれほどの嫌われ者であれ、王家の都合で悪役令嬢を押し付けられた被害者であることには変わりない。

私と同じように王太子殿下に丸め込まれただろう『嫌われ公爵』には、寧ろ仲間意識さえ感じていた。

「なんだかんだ、仲良くなれるかもしれないわね」

元々第三王子との婚約だって政略結婚だった。

その対象が『嫌われ公爵』になっただけなのだから、別に深く考える必要もないはずだ。

同じように王家にしてやられた者同士、良好な関係を構築して幸せを目指すのも悪くないかもしれない。

そんなことを考えていれば、ガタンという衝撃と共に馬車が動きを止めた。

「すみません！　石を踏んでしまったらしく、少々お待ちください」

馴染(なじ)みの馭者(ぎょしゃ)の声に、軽く手を上げて言葉を返す。

「大丈夫よ、こちらこそ長距離をお願いすることになってしまって申し訳ないわ」

「いえ、そんな……光栄なことだと思っています！」

照れたように頭を掻(か)く彼の言葉に、つい顔が綻ぶ。

王都の北に位置するラクラス領から、我が国の南端に位置するハウザー公爵領までという長距離の移動にもかかわらず、馭者から護衛騎士まで皆が快く引き受けてくれた。

——物語の中では悪役令嬢だったかもしれないけど、クローディアとしてちゃんと見ていてくれた人たちもいたんだわ。

周囲の厚意に感謝しながら馬車の外の声に耳を傾けていれば、コンコンと窓を叩く音と共に馭者が顔を覗かせる。

「クローディア様お待たせしました！　問題ありませんでしたので出発いたします」

その声に御礼を返せば、彼は嬉しそうにその顔を綻ばせた。

「公爵領へは、あと一時間ほどで入るかと思います。それまでは、どうぞお寛ぎください」

彼の言葉と共に馬車はゆっくりと動き始める。

もうすぐハウザー公爵領へと入ると聞けば、否が応でも緊張が高まる。

動き出した馬車の中で、大きく息を吸って呼吸を整えた。

嫌われ公爵がどんな人物かはわからないままだが、王太子殿下が『お願い』を押し切れる程度には、常識と分別があるのだろう。

かく言う私は、悪役令嬢として一度バッドエンドを迎えた身だ。

前世と今世、二度の死を経験した今となっては、これ以上怖いものなどないようにも思える。

——とりあえずは、友好的な関係を目指してみようかしら。

そんなことを考えながら、揺れる馬車の振動に身を任せたのだった。

＊・＊・＊

「ハウザー公爵邸に到着いたしました」

馭者の声に窓の外へと視線を向ければ、そこには大きな邸宅を囲む堅牢な石壁が見えた。

燦然と輝いていた太陽は既に沈みかけており、既に夕刻を回った時間だろう。

馬車の窓から周囲を見渡せば、荷運びを始めている使用人たちの姿が見える。

輿入れで邸に到着した妻を迎えるのは夫の役目なのだが、窓から眺める限り、門の近くに夫らしき人物の姿はなかった。

予想はしていたものの、歓迎の意思がないことを悟って肩を竦める。

コンコンと馬車の扉が叩かれ返事をすれば、開かれた扉の向こうから、涼やかな風が吹き込んできた。

護衛騎士の手を借りて馬車を降りれば、恭しく頭を下げる一人の青年がそこに立っていた。

「はじめまして、クローディア様。ハウザー公爵家へようこそおいでくださいました」

撫でつけられた栗色の髪に、かっちりと首元までボタンを留めたシャツ。

二十代後半くらいに見える彼は、その落ち着いた振る舞いから公爵家の使用人の中でも相応の立場であることが伝わってくる。

「ラクラス伯爵家のクローディアと申します。本日よりお世話になります」

「バートと申します。公爵家の使用人頭を務めておりますので、何かございましたら、お気軽にお申しつけください」

そう告げたバートは、爽やかな微笑みを浮かべた。

使用人頭といえば、長年邸に仕える者が置かれる役職であることから、小さな疑問が浮かぶ。

「随分とお若いのですね」

「色々と事情がございまして、他家と比べてハウザー公爵家の使用人は比較的若い者が多いかもしれません。まずはこの度の輿入れについて、ドレスをご用意できなかった件、主に代わって非礼をお詫(わ)び申し上げます」

深く頭を下げたバートの様子に、なんだか申し訳ない気持ちになった。

「気にしておりませんわ。これからお世話になる身として、何か気になることがあれば正直に教えていただければ助かります。皆様に、ご迷惑をおかけしたくありませんから」

まだ見ぬ『嫌われ公爵』と建設的な関係を築いていきたいとは思ってはいるが、出迎えに姿を現していない時点で、私が歓迎されていないことは明白だ。

せめて使用人の方々には迷惑をかけないように振る舞いたい。

そんな気持ちで口にした言葉だったが、私の言葉に、バートは大きく目を見開いた。

「迷惑だなんてとんでもない！　我々使用人一同は、クローディア様の到着を心待ちにしておりましたし、心から歓迎申し上げております。どうか、どうかハウザー公爵家の女主人として、末永くよろしくお願い申し上げます！」

急に熱の入ったバートの様子に呆気にとられていれば、我に返ったらしい彼が慌てて咳払いをした。

「……失礼いたしました。さあどうぞ、邸の中をご案内いたします」

何事もなかったかのように爽やかな笑みを浮かべた彼は、流れるように邸の中へと案内をし始める。

頭一つ大きいバートの背中に付き従いながら、心の内で先程の彼の言葉を反芻していた。

公爵邸の使用人として、私のことを心から歓迎しているという彼の言葉は俄かには信じがたいが、嘘をついているようにも思えない。

彼らが私を歓迎する理由には、多少なりとも心当たりがあった。

私の嫁ぐ相手である『嫌われ公爵』は、これまで何度も縁談を潰してきたらしい。

ある縁談では相手に罵詈雑言を浴びせ、またある縁談では御令嬢が伸ばした手を払い除け、目が合っただけで冷水を浴びせられたという話までもが噂として耳に入ってきていた。

――罵倒されるくらいの心構えは、しておいたほうがいいかもしれないわね。

そんなことを考えていれば、バートの手によって公爵家の大きな玄関扉が開かれる。

そこにはずらりと並んだ使用人たちが頭を下げていた。

「ようこそ、ハウザー公爵家へ。クローディア様のお輿入れを心から歓迎いたします」

そう告げたバートは丁寧な礼をとり、それに倣って使用人たちも口々に歓迎の言葉を告げる。

玄関ホールに並ぶ使用人たちは、先程説明があった通り確かに年若い者が多いが、それよりも気になったのは、彼らの性別だった。

貴族の使用人といえば大抵侍女が多くを占めているのに対して、ハウザー公爵家の使用人は圧倒的に男性が多く、極端に女性が少なく見える。

更に言えば、若いのは男性ばかりで、少ない女性の使用人たちは年嵩（としかさ）の者ばかりのようだ。

「ハウザー公爵家へようこそおいでくださいました、クローディア様」

声をかけてくれたのは、母より年上に見える壮年の女性だった。

「身の回りのお世話を仰せつかりました、マチルダです。気軽に何でもお申し付けください」

「ありがとうマチルダ。これからお世話になります」

エマを彷彿（ほうふつ）とさせる優しげな微笑みに、ほっと肩の力が抜ける。

「長旅でお疲れでしょう、どうぞこちらへ。クローディア様のお部屋をご用意しております」

自室に案内してくれるというマチルダの背に従って移動しようとした瞬間、突然玄関ホールがざわりと揺れた。

何が起こったのかと周囲の視線が向かう方向に目を向けて、息を呑む。

玄関ホールから伸びる階段の上、その一角に見たこともないような美しい男性が佇（たたず）んでいた。

透けるような白い肌に、煌（きら）びやかな銀髪。

長い睫毛（まつげ）に囲まれた切れ長の薄紫の瞳に、くっきりと整った顔立ち。

正装を崩し、襟元を寛げている姿はまるで乙女ゲームの攻略キャラクターのオフショットを見ているようで、思わず口から言葉が漏れた。

「……王子様」

小説で言えばメインヒーロー、乙女ゲームだったらクール系攻略対象。

そんな人物が、目の前に生身の人間として存在していた。

背後からキラキラエフェクトが見えてきそうなその姿に、思わず目を細める。

美しく整った男性がこちらを認め、その視線が私を捉えた。

薄い唇が僅かに開き、その口がゆっくりと開かれる。

「貴様の目は節穴か?」

その声に、玄関ホールは一瞬にして静まり返った。

耳に痛いほどの沈黙の中、神秘的な銀色の髪をさらりと揺らした儚（はかな）げな青年は、その顔を顰（しか）め、不機嫌を隠そうとしないまま、再び口を開く。

「『王子』は貴様の元婚約者だろうが。来る場所を間違えたのならば、玄関は貴様の後ろだぞ。ここは王都から遠く離れたハウザー公――」

「あーっ！　さあさあクローディア様、部屋へ向かいましょう！　長旅でお疲れでしょうからね！」

「今のは聞かなかった！　なかったことにしてください！」

「さてさて我らは歓迎の準備に取り掛からなければ！　さあ張り切ってまいりましょう！」

美しい青年の言葉を遮るようにして、マチルダとバートに続き玄関ホールの使用人たちは一斉に声を上げはじめる。

「え、あの――」

「ああ、申し訳ございません！　我が主はなんとも不器用な御方でして」

「ええ、ええ、今の言葉は悪気があったわけではありませんので！」

バートとマチルダに両側から腕を引かれながら、使用人たちの声に玄関ホールを押し出されそうになったところで、脚に力を込めてなんとか踏み留まった。

「――つまり、彼がハウザー公爵で間違いないのね？」

側にいたバートを覗き込むように尋ねれば、頭が痛そうにこめかみを押さえた彼が小さく頷いた。

ハウザー公爵ことルーヴェル・ハウザー。

社交界のつまはじき者として『嫌われ公爵』との悪名を持つ、今回私が嫁ぐことになった相手。

かかとを踏み鳴らすように踵を返すと、先程彼のいた階上を見上げる。

そこには、私が振り返ると思っていなかったのか、驚きに目を見開く彼の姿があった。

――罵倒されることくらい予想済みだわ。

なんといっても私は悪役令嬢。

ヒロインの引き立て役として物語から追放された存在だ。

押しかけてきた私が、これくらいでへこたれるわけにはいかない。

美しい銀髪に薄紫色の双眸（そうぼう）、整った顔立ちをした貴公子に向かいひとまず輿入れをしてきた立場として挨拶をすべく、目を伏せると淑女の礼をとった。

「初めまして。本日からお世話になります、クローディア・ラクラスと申します。急な輿入れとなりましたが、公爵家に嫁ぐ者として、誠心誠意努めさせていただきます。今後ともよろしくお願い申し上げます」

挨拶を述べて顔を上げれば、呆然とこちらを見下ろす薄紫の双眸と視線がぶつかる。

無言のまま、ただただじっと見つめてくる彼の視線に瞬けば、ハッと表情を変えた相手は、慌てたように身を翻した。

「……ふん、好きにするがいい」

背を向けたままにそう告げた彼は、二階の奥へと消えて行ってしまう。

呆気にとられるようにその背中を見送っていれば、彼の姿が見えなくなった瞬間、周囲がわっと歓声に沸いた。

「クローディア様、ありがとうございます！」

「あの第一声を受け入れてくださるなんて！」

「第一印象は大切だと何度も言い含めていたんですが本当にすみません！　クローディア様が寛大な方で良かった！」

「今度こそ婚姻に漕（こ）ぎつけられますね！」

お祭り騒ぎのような周りの勢いに戸惑っていれば、興奮冷めやらぬ様子のマチルダの両手が私の手を包んだ。

「クローディア様！　どうか、どうか坊ちゃんを――ルーヴェル様をよろしくお願いいたします！」

まるで懇願するようなその態度に、勢いに呑まれるように首を縦に振る。

正直『嫌われ公爵』が銀髪貴公子であることも意味が分からなければ、追放先で歓迎される悪役令嬢という状況にも理解が追いついていない。

想定外の事態に頭の中は混乱を極めているが、エマを彷彿とさせるマチルダを目の前にして、不安な姿を見せたくはなかった。

彼女に包まれた手を包み返すように、強く握り返す。

「もちろんですわ。私は、ハウザー公爵家に嫁ぐためにここに来たのですから」

そう返した私の言葉に、ハウザー公爵邸の広い玄関ホールが揺れるほどに、一際大きな歓声が響き渡ったのだった。

二章　嫌われ公爵との結婚

窓から差し込む陽光、小鳥の囀る声。

ハウザー公爵邸で迎える朝は、穏やかな空気に包まれていた。

ベッド横に置いている呼び鈴を鳴らせば、すぐにコンコンと扉を叩く音が響く。

姿を現したのは、専属として私の身の回りの世話をしてくれるマチルダだった。

「おはようございます、クローディア様。お早いお目覚めですね」

姿を現した彼女は、その手に色とりどりの花を抱えていた。

「おはようマチルダ、その花はどうしたの？」

「クローディア様のためにと庭師が用意しまして、お部屋に飾ってほしいと言うものですからお持ちしました。よろしければ、お部屋に飾っても？」

「ええ、嬉しいわ。朝早くからありがとう」

「なんのなんの。クローディア様はあの初対面でも、逃げ出さずに公爵家に留まってくださったのですから。我々使用人一同は、心を一つにしてクローディア様をお支えするつもりです。どうぞ坊ちゃまをよろしくお願いいたします！」

マチルダはそう告げると、力強い歩みで部屋を去って行く。

静かに扉が閉められるのを見届けると、ばふっと音を立てて先程まで寝ていたベッドに身体を沈めた。

見上げた先には、繊細に刺繍された天蓋がひらひらと揺れている。

昨日玄関ホールで対峙したハウザー公爵からは、確かに辛辣とも取れる言葉をかけられたが、そんなことよりも衝撃的だったのは彼の容姿だった。

散々な噂を耳にしていただけに、『嫌われ公爵』の呼び名に相応しい悪人じみた人物を想像していたが、現実はあまりに違いすぎた。

追放された悪役令嬢の嫁ぎ相手が、銀髪貴公子だなんて聞いたことがない。

一体なぜ彼が王家から悪役令嬢を押し付けられるような事態に陥っているのかと一晩考え、ようやくその理由に思い至った。

我が国は、女性信仰の強い『聖母教』が浸透するレディファーストを基本理念とする国だ。

女性を貶める行為は禁忌とされているし、神聖な母体となる女性を傷つける行為は、犯罪に値するという教えが根付いている。

聖母教の教義の下に、女性に対する無礼な行為や暴言については厳しい処罰や裁きを受ける場合もあり、我が国の貴族階級では、初対面の女性に対してはまず跪いて、その手の甲に敬愛の口付けをするのが通常の挨拶だ。

その常識を鑑みれば、階段上からこちらを見下ろしていた彼の態度は、通常貴族女性からすれば憤慨してもおかしくないほどに失礼な態度であり、相手が教会に駆け込めば調査員の派遣もありえるような状況にあった。

——これがきっと『社交界のつまはじき者』になった理由よね。

一人納得しながらも、昨夜マチルダとバートから聞いた話を思い出す。

彼らの話によれば、御年二十六歳になる彼は、六年前に不慮の事故で両親を亡くし、二十歳という若さで公爵の地位についたという。

爵位を継いだ直後には若輩者だと周囲に侮られていた時期もあったそうだが、彼の公爵としての適性は抜きんでていたらしく、整った容姿に高い地位を持つ彼には一時期縁談が山のように降ってきていたらしい。

しかし、その全ての縁談を『嫌われ公爵』自身がぶち壊してきたという。

『その日は節穴か?』

昨日の彼の第一声を思い出せば、どう破談になったのかもなんとなく察しがつくというものだ。

あの言葉を、この国に生まれ育った生粋の貴族令嬢が浴びせられたなら、張り手が飛んできても文句は言えないような状況だろう。

女性を敬うことを基本理念とする我が国では、あの眩いばかりの顔面も公爵という高い地位も、配慮のない彼の発言を前にすると霞んでしまう。

聖母教の教えが浸透している社交界では、女性を敬わない行動は卑しい振る舞いとして、その者自身の評判を下げる行為だった。

縁談相手の御令嬢たちを、掃いて捨てるかのごとく次々と切り捨てていった結果、当時の縁談相手から広まった悪評が積もりに積もって『嫌われ公爵』という立場を確立してしまったのだろう。

これまでの縁談の話を聞いたとき、なぜハウザー公爵がそのような振る舞いをするのかと尋ねれば、バートが少し困ったような表情で、ここだけの話ですがと前置きをして教えてくれた。

嫌われ公爵は、どうも聖母教に疑問を抱いている節があるらしい。

社交界の中にも聖母教に疑念を持つ者は少なからずいるが、まず態度に出すことはない。

うまく取り繕っていれば何の問題もないのだが、どうやら嫌われ公爵は、そのあたりを隠すつもりがないらしく、聖母教への反発がそのまま女性への態度に直結しているようだった。

そんな彼の邸にはなかなか若い女性は馴染めなかったようで、年若い女性使用人が定着せず、今や女性使用人は幼い頃からの彼を知る母親世代の者しか残っていないという。

昨夜二人から教えてもらった話を思い出しながら、ふうと息を溢した。

ベッドに寝そべったまま手足を伸ばせば、さらりと気持ちのいいシーツの感触に触れる。

――聖母教に疑問を持つ感覚は、なんとなく分かるのよね。

前世の記憶を取り戻してしばらく経ったが、前世と今世の間での一番大きな違いは『聖母教』の存在だった。

今世で当たり前のように浸透している聖母教だが、その教義によれば、女性の神聖性に対して男性は敬い尽くす義務を負うとされていた。

例えば女性が夫以外の男性と身体の関係を持つことは、社交界の暗黙の了解としてまかり通っていたりする。

それは尊ぶべき女性の心を守るため、更には優秀な子孫を残すための女性の権利らしいのだが、前世を思い出した状態だと、どうにも理不尽に感じられた。

ゆっくりと瞼を閉じれば、昨日目にした『嫌われ公爵』の容貌が目に浮かぶ。

あれほどに美しい容姿をしていながらも、聖母教のせいで『嫌われ公爵』とされ、私という悪役令嬢を押し付けられるなんて、申し訳なく感じてしまうのが正直なところだ。

——もしかしたら、スピンオフの攻略対象候補だったかもしれないわよね。

前世の知識を引っ張り出して、ついつい想像を膨らませてしまうものの、自分の婚姻相手という現実を思い出して、罪悪感にうっと声を漏らしてしまう。

ヒロインとの恋愛模様を楽しむ恋愛小説や乙女ゲームは大好きだったが、まさか自分が悪役令嬢として、攻略対象のような相手と向き合うことになるとは想像していなかった。

しかし、王太子殿下に丸め込まれた者同士、私たちは一週間後に結婚することが決まっている。

結婚自体が揺るがない事実として決まってしまっているのだから、今更思い悩んでも仕方がない。

——押し付けられた婚姻だとしても、これから関係を構築することはできるわよね。

きっかけはどうであれ、せっかく結婚するのだから、婚姻相手とは友好的な関係を築きたい。

——お父様やお母様、レイズには心配をかけたくないもの。

最後まで私のことを心配してくれていた家族の姿を思い出し、ふっと頬が緩む。

ふと目を開けけば、窓から吹いてきた風にレースの天蓋が揺れていた。

ハウザー公爵家での婚前準備期間は一週間。

今日から一週間を問題なく終えることができれば、私たちの婚姻式は無事執り行われるだろう。

ぐっと拳に力を込めた。

——バッドエンド後だろうが、強く生きてやろうじゃない。

ひとまずは、嫌われ公爵と友好的な関係を築くことから始めよう。

そう心に決めると、ベッドから降り、今日からの新たな一歩踏み出したのだった。

＊・＊・＊

「おはようございます！　クローディア様、今朝のお花は気に入っていただけましたか？」

渡り廊下を歩いていたところ、遠くからかけられた声に振り向けば、大きく手を振る青年たちの姿が見えた。

二十歳前後ぐらいに見える彼らは、つばの大きな帽子をかぶり厚手の手袋をはめている。

恐らく公爵邸の庭師だろう彼らに手を振り返せば、嬉しそうな笑顔でこちらに駆け寄ってきた。

白い歯を覗かせ清々しい笑顔を向けられると、その眩しさに思わず目を細めてしまいそうになる。

「今朝の花はクローディア様の美しい髪色を想像して、僕たちが選びました！」

「気に入っていただけましたか？」

「本日の薄桃色のドレスも非常にお似合いですね！」

前世の自分が聞けば勘違いしてしまいそうな褒め言葉ばかりだが、この世界で生きる貴族令嬢としては当り前に耳にしてきた出会い頭の挨拶だ。

我が国では基本的に男性は女性を褒める義務があるし、男性が女性を褒めることには基本なんの下心もない。

調子に乗らないようにと心を落ち着かせながら、淑女の笑みを湛えて彼らに向かい合う。

「素敵なお花をありがとうございました。おかげで良い一日になりそうです」

私の言葉に、それぞれ顔を見合わせた青年たちは、照れたように頭を掻くと、誇らしげな笑みを浮かべた。

「へへっ喜んでもらえたなら良かったです」

「あの初対面でも、ルーヴェル様に真っ直ぐ向き合ってくださったクローディア様に、何かお礼がしたかったんです！」

「あの凛としたご挨拶、痺れました！」

「一週間後の婚姻式、素敵な一日になるよう俺たちも全力で協力します！」

善意が後光として差していそうな庭師の青年たちに、そろそろ目が潰されそうになってくる。

「ありがとうございます。楽しみにしておりますわ」

笑顔で返事をしつつも、彼らの厚意が『嫌われ公爵』にとっては余計なお世話にならないことを祈るばかりだ。

「クローディア様、今日の予定はありますか？　無ければ庭園を案内しますが」

一際背の高い青年が汗を拭きながら、声をかけてくれた。

さすが三大公爵家の使用人。庭師の一人までもが気遣いのできる爽やかな好青年である。

「ありがとう。けれど今日はマチルダに邸内を案内してもらう予定にしているから、また機会があればお願いするわ」

「ぜひ！　またいつでも声をかけてください」

「俺たちも楽しみにしてますので！」

爽やかな笑顔を向けられ、会釈を返しながら庭園を離れた。

彼らの好意は非常に嬉しいものの、その態度や言動の節々から並々ならぬ期待を感じ取ってしまう。

この期待に添えるだろうかと内心頭を抱えていれば、隣のマチルダから声がかかった。

「クローディア様、本日は生活に必要な場所からご案内しようかと思います。公爵邸は広いですから、ゆっくりと覚えてもらえればよろしいかと」

「ええ、助かるわ。色々と気を遣ってくれてありがとう」

「いえいえ！　このマチルダ、クローディア様に快適に過ごしていただけるよう、誠心誠意努めさせていただきます」

鼻息を荒くして胸を叩いたマチルダは、さあさあと私の背を押しながら邸の中を進んでいった。

ハウザー公爵邸は、由緒ある家柄ということもあり、想像していたよりも遥かに広く大きな邸だった。

途中落ち着いた調度品が並んでいる中に、なぜか所々可愛らしい花やレースの置物が散りばめられていることに気が付き、不思議に思って尋ねてみれば、マチルダは嬉しそうに顔を綻ばせる。

「ああ、クローディア様が喜びそうなものを置いてみたんでしょうね。レース編みが得意なのは厨房のゲルタで、花は庭師の者たちでしょう。皆、クローディア様を歓迎したくて仕方がないんですよ」

次に会ったときにぜひ声をかけてあげてくださいと言われ、予想以上の歓迎ぶりに戸惑いながらも胸の内に温かいものが広がっていく。

——悪役令嬢でも、案外受け入れてもらえるのね。

使用人たちの厚意を目の当たりにして、半ば浮かれた気持ちで廊下を曲がれば、その向こう、廊下の先に姿を現した人物に目を見開いた。

同時に私の存在に気付いた相手も、驚きに動きを止める。

先日見た鮮やかな銀髪は、窓から差す陽光を反射してキラキラと輝き、長い睫毛に縁取られた薄紫色の瞳は訝しげに細められている。

昨日のような王子様風の正装ではなく、普段着だろう着崩したシャツを身に着けていたが、その姿は見まごうことなき『嫌われ公爵』だった。

彼はしばらく驚いたようにこちらを見つめていたが、次の瞬間思いっきり渋面を作った。

「……何をしている」

こちらを訝しむような低いその声に、浮き足立った心は静かに着地したようだった。

——まあ、これが普通よね。

現実に引き戻され、浮かれていた心を引き締める。

彼の態度が普通であり、彼を取り巻く周囲の歓待ぶりのほうが異常なのだ。

冷静な思考に戻ると、改めてこの邸の主に向かって正式な礼をとった。

現在私は、婚前の準備期間としてハウザー公爵家に居候をしている身だ。

部外者である私を受け入れてくれている相手に対して、礼儀を持って接するのは当然のことだろう。

「ごきげんよう、ハウザー公爵様。マチルダから提案をいただきまして、邸の中を案内してもらっておりました」

彼が女性に『ルーヴェル』と名前を呼ばれるのを嫌がることは、マチルダからの情報で把握済みだ。

爵位に様をつけるという妙な呼び方になってしまうが、相手の不興を買うよりはましだろう。

彼に歩み寄るべく工夫してみたのだが、そんな努力も虚(むな)しく私の言葉を耳にした彼は、怪訝な様子で眉間に皺(しわ)を寄せた。

「何のために？　何の役に立つ？」

率直な質問に首を傾げながらも、口を開く。

「今後のために、これからの自分の役に立つと思っております。公爵夫人としてここで暮らしていくにあたり、邸の配置を覚えていないようでは差し障りがありますから」

私の回答を訝しむようにじっと見つめていた彼は、やがて視線を逸らすと深い溜め息を吐いた。

その姿を眺めながら、この態度だけでも、この国の貴族令嬢なら教会に駆け込むくらいのショックを受けていたかもしれないとぼんやり考える。

それほどに我が国の貴族女性は、とにかく不躾な態度を取られることに慣れていなかった。

今の自分のこの図太さは、前世の記憶のおかげに違いない。

「……いいだろう、この邸の主人として邸を散策することを認める」

「ありがとうございます。寛大なお心遣い痛み入ります」

彼の言葉に笑顔を返せば、相手はちらりとこちらに視線を向けた。

「大人しく、私の公務の邪魔にならないよう回るように。いいな」

「承知いたしました」

尤もな指摘に満面の笑みで淑女の礼を披露すると、ドレスの裾が美しく広がるように踵を返す。

友好的な関係を築くことを目標に掲げてはいるが、適度な距離感は必要だろう。

聖母教を通して女性に不信感を抱いている彼に対しては、慣れるまでは接触を避けたほうがいいのかもしれない。

そんなことを考えながら先程曲がった角を曲がろうとしたとき、背後から「おい」と声がかかった。

振り返った先には、先程同様、眉間に皺を寄せたままの彼がじとりとした視線を向けている。

「何か？」

小さく首を傾げながら質問をすれば、なぜか言いにくそうに口をぱくぱくと動かした相手は、あさっての方向に視線を逸らすと小さく呟いた。

「……貴様がどうしてもと言うなら案内してやらんでもない」

予想外の言葉に思わず目を瞬く。

「ええと、案内はマチルダが――」

「私が、案内してやらんでもないと言っているんだ」

頑(かたく)なにこちらから視線を逸らしたままそう告げる彼の様子に、どこからその提案が出てきたのかと視界を広げると、彼の発言に何度も深く頷くバートの姿が目に映った。

そんなバートのほうに、ちらちらと視線を向けている嫌われ公爵の姿を見れば、一連の流れは把握できてしまう。

恐らく彼の態度を気にしたバートが、案内を提案するように指示したのだろう。

余計なことをと口走らんばかりの嫌われ公爵の形相を目の当たりにしつつも、先程耳にした彼の発言が脳裏に蘇ってくる。

尊大な態度と上から目線で語られる先程の誘い文句は、前世ではなんとも聞き馴染みのある台詞だった。

——ツンデレの見本みたいな台詞だったわね。

他に言いようがあったのではと思いながらも、発言した彼が唇を噛みしめている姿を目の当たりにすると、彼自身にとっても不服だったのだろう。

不満に思いながらも、部下の言葉を受け止め実行した彼の行動には、素直に感心してしまう。

「な、何を笑っている⁉」

「いえ、何でもありません」

緩んでいたらしい顔を指摘されて慌てて表情を取り繕う。

わかりやすい態度といい、なんだかんだ部下の忠告に従う彼の素直な対応といい、少なくとも悪い人ではなさそうだ。

「お気遣いありがとうございます。しかし、公爵様はご公務でお忙しいでしょうし、案内は遠慮いたしますわ」

「は？」

「えっ」

二人の間に、気まずい沈黙が落ちた。

断られると思っていなかったのか、彼は固まったまま呆然とこちらを見つめている。

無理やりバートに言わされただけの提案だと思っていたが、こちらが承諾すれば応じてくれるつもりはあったらしい。

動きを止めてしまった彼を見て、おずおずと口を開いた。

「ええと、公務の途中ですよね？　お邪魔するのも申し訳ないので、遠慮しようかと思ったのですが」

「別に邪魔では――」

「案内を買って出てくださったのも、バートに言われたからですよね？」

「なぜそれを⁉」

その目を驚きに見開いた彼は、私とバートとを見比べ始める。

驚愕の表情で言葉を失ったようにぱくぱくと口を開け閉めしている彼はバート、マチルダ、私と順に目で追うと、その顔をじわじわと赤く染め、次の瞬間キッとこちらを睨みつけた。

「そうだ私は忙しい！　邸の散策は勝手にするがいい！」

羞恥心が振り切れたような真っ赤な顔でそう告げると、派手な足音を立てて廊下の向こうへと消えていく。

その姿を追うように動いたバートは、扉の前で深々と一礼をすると部屋の中へと飛び込んでいった。

急に静かになった廊下には、マチルダと私が取り残される。

「申し訳ありません……坊ちゃん、悪い子ではないんですけど……」

溜め息まじりのマチルダの呟きは、静まり返った廊下にやけに大きく響いたのだった。

＊・＊・＊

「……なぜここにいる」

斜め後ろから降ってきた声に顔を上げれば、声の主が渋面を作りながらこちらを見下ろしていた。

公爵邸に訪れて四日目。

この数日間で大まかではあるが公爵邸の配置を覚えた私は、日中特にすることもなく、せっかくならば公爵領について調べてみようと、今日は一日を書庫で過ごす予定にしていた。

探せば建国当時の資料もあるという公爵邸の大きな書庫には、ぎっしりと本の詰まった本棚がいくつも並んでおり、明かり取りの窓の側には本を広げるための机と椅子が配置されている。

気になった数冊の本を持ち運び、興味のあるものから目を通しはじめたところにかけられたのが、先程の不機嫌そうな声だった。

むすっとした表情を浮かべ、後ろから顔を覗かせている彼のほうを振り返り、小さく会釈を返す。

「先日マチルダにこちらの書庫を案内していただいたので、ハウザー公爵領のことを学びたく、本を読んでおりました」

「誰が書庫への入室を許可した？」

「マチルダを通してバートにもらいました」

これ見よがしな溜め息で返事をした彼は、羽織っていた外套を翻すように書庫の奥へと進んでいく。

公爵家当主として部外者の行動に不審な点がないか確認していたのかもしれないが、居候させてもらっている身である以上、一応の礼儀は弁えているつもりだ。

衝突を回避できただろうことに胸を撫で下ろしていれば、ふと本棚の前に立った彼の後ろ姿が視界に映った。

ここ数日の間に見かけた限り、彼の普段着はシャツとスラックスのようなのだが、今日は髪型が整えられていてクラバットが巻いてあり、と正装に近い衣装を身に着けている。

普段着と違う姿を見るのは、初めて公爵邸に訪れた日以来のことだった。

「今日はどこかにお出かけなのですか？」

「ああ、領地内の商会連合の大きな会合があるからそれに参加し――……どうして貴様がそんなことに興味を持つ？」

途中まで普通に返事をしていた彼は、ハッと何かを思い出したかのように言葉を区切ると、その顔に渋面を浮かべる。

「まさか、自分も会合に同行したいとでも言い出すつもりか？」

こちらを睨みつけるような鋭い視線に面食らう。

なぜそんな発想に至るのかと思いつつも、貴族令嬢は基本お茶会に夜会にと毎日が社交の予定で埋められているのが基本だから、私も同じだとでも考えたのだろうか。

「いえ、会合には特に興味はありませんが、公爵様が普段と違う装いをされていたので、どこかに出かけられるのかと気になっただけです」

「……別に、私の行き先など気にするようなことでもない」

私の返答に小さく肩を竦めた彼は、外套を翻しカツカツと足音を立てながら書庫の更に奥へと進んでいく。

その後ろ姿を見つめながら、小さく溜め息を溢した。

公爵邸に訪れて四日とまだ日は浅いが、これまで一度たりとも彼が寛いでいる姿を見たことがない。

日によって衣服に違いはあれど、邸の中で見かける彼はいつも何かしらの資料か本を手にしているし、どうやら使用人頭かつ秘書のような立場らしいバートと執務室以外でも難しい顔を突き合わせて話し込んでいる姿を何度も見かけていた。

今書庫に訪れているのも、必要な資料を探しに来たのだろう。

——仕事人間って感じよね。前世だったら、過労死してそうだわ。

両親を早くに亡くし一人で領地を束ねている現状は、彼にとって業務過多な状況になっているのかもしれない。

王族の元婚約者として淑女教育を受けていた自分にも、何か協力できることがあるのではないかと思うが、いかんせん私にはまだハウザー公爵家についての知識がない。

戦力外に協力すると言われても困るだけだろうし、今の私にできることは、公爵家や領地について理解を深めることだろう。

手元の資料に視線を落としページを捲れば、ふと視線を感じて顔を上げた。

視線の先には、目的の棚の前に着いたらしい彼がじっとこちらに視線を向けている。

「何かご用でしょうか？」

首を傾げながら問いかければ、ばつの悪そうな表情を浮かべた彼が口を開いた。

「……それは、一体何の本だ」

彼の指す「それ」が手元の本だと気付き、ああと声を上げる。

「気候についての本です。ラクラス領とは随分違うとマチルダに聞きましたので」

ハウザー公爵領と自分の出身地であるラクラス領は随分と気候が違う。

土地柄もあるらしいが、ハウザー公爵領はこれから徐々に温度が上がっていくらしく、興味があればぜひと目を輝かせたマチルダに言われて、風土や気候についての本に目を通していたところだった。

「……気候については、ここで過ごしていれば嫌でも実感するだろう」

本棚に視線を戻しながら呟かれた言葉に、つい目を瞠ってしまった。

――今のはもしかして、今後も私がここで暮らすことを認める発言だったのかしら。

出会った初日は、わかりやすく歓迎していないことを表していた彼だが、この婚姻は定められたものであるし、心情的には追いついていないとしても、受け入れる覚悟はできているということだろうか。

「それもそうですが、できれば事前にもっと公爵領のことを学べればと思っています」

「ふん、殊勝な心がけだな」

探りを入れた私の返答に、彼は鼻息交じりの返事を口にする。

やはり、初対面ほど私に拒否感はなさそうだ。

「お褒めに預かり光栄です。今後も精進いたしますね」

「なっ――」

褒めてもらえたことに顔を綻ばせながらお礼を告げれば、急に顔を赤らめた彼は慌てるように言葉を続けた。

「べ、別に褒めたわけではないからな！　領地に関する知識は一朝一夕で身に付くものではない。本気で学びたいと思うなら毎日学びを積み上げるしかないし、資料に目を通すのもいいが本から得た知識ばかりで固定観念に捉われるのも問題だ。基本知識を資料から読み取った後に詳しい者に実際の状況を尋ね――いやこれは私に尋ねろと言ってるわけではないからな！　私は忙しい！　特に今日は会合への参加もあるから貴様の相手をしてやる時間などない。気になることがあるならマチルダに聞けばいいだろう」

早口で言い募る彼の様子をぽかんと見つめていれば、言い過ぎたと思ったのか慌てた様子でおろおろと狼狽(ろうばい)し始める。

そのこちらを気にしている様子に思わず口元が緩んでしまった。

「な、なぜ笑う」

戸惑いを露わにしている彼は、恐らく私が泣き出すとでも思っていたのだろう。

こちらを気遣う姿に、つい笑い声が零れてしまう。

「すみません。ふふ、どこかで聞いたような台詞だなと思って」

「どこかで聞いたような……？」

「いえ、こちらの話です」

腑に落ちないといった様子の彼の怪訝な表情を見ながらも、気にしていないと答えるように、口元を押さえながらにこりと微笑みかけた。

――ツンデレの見本みたいな台詞だなんて、さすがに口に出せないものね。

そんなことを考えていれば、また頬が緩んでしまう。

ぶっきらぼうな言い方ではあるものの、公爵家や領地についての学び方を詳しく教えてくれた上に、尋ね先まで案内してくれる親切さは、彼の本来の気質なんだろう。

「お気遣いありがとうございます。では、しばらくは書庫に通って資料に目を通させていただいて、気になったことはマチルダに尋ねさせていただきますね」

「好きにすればいい。どう過ごそうが、貴様の自由だ」

つっけんどんな言い方ながらも、書庫への自由な出入りを許可してくれる彼に御礼を告げれば、ふいっと顔を逸らされてしまった。

こちらを見ないまま、彼は呻くような声を上げる。

「……私は今大事な公務の真っ最中だ。貴様は大人しく手元の本に目を通しているように」

まるで幼児に言い聞かせるようにゆっくりとそう告げると、彼は視線を本棚に戻してしまった。

実際、彼は正装に近い恰好(かっこう)をしているし、公務の最中であることは事実なのだろう。

それなのに見かけた私に声をかけたり、アドバイスをくれたりと、なんだかんだと会話に付き合ってくれた彼は、随分とお人好(ひとよ)しのようにも感じられる。

「承知しました」

「『大人しく』静かに本を読んでいろ」

暗に返事は要らないと告げる言葉に、大きく頷いて了承を示せば、彼は小さく嘆息すると本棚へと視線を戻した。

静かな空間に戻った書庫は、私のページを捲る音と、彼が資料を出し入れする音だけが響いている。

本に目を通しながら、ふとここ数日の日々を思い出していた。

公爵邸にいながらも、基本的に公務に忙しい彼と同じ時間を過ごすことはほとんどない。

二日目の日中に偶然居合わせたものの接点がない私たちの様子を見て、これはいけないと使用人たちが提案してくれたのか、三日目からは夕食を共にするようになっていた。

昨日から始まった夕食についても、特に会話が弾むことはなく、早々に食事を終えた彼が「仕事が残っているので失礼する」と席を立って呆気なく終了している。

チラリと視線を向ければ、複数の資料を手に取って内容を確認している横顔が見えた。

社交界から『嫌われ公爵』だのつまはじき者だのと呼ばれていても、実際の彼は、公爵として熱心に公務に取り組んでいるし使用人たちからの人望も厚い。

彼について知れば知るほど、こんな高スペックの人物に、バッドエンド後の悪役令嬢が押し付けられていること自体が何かの間違いな気がしてきていた。

――そりゃあ初対面で嫌味の一つも言いたくなるわよね。

聖母教さえなければ、彼が『嫌われ公爵』と呼ばれることもなく、年の離れた私とは接点すらなかっただろう。

我が国や王家にとっては目の上のたんこぶのような存在だとしても、私自身にとってはなんの不満もない貴公子だ。

あまり認めたくはないが、王族に婚約破棄をされた私にとって、ハウザー公爵は破格の婚姻相手だと言える。

――複雑だけど、王太子殿下の見立てが正しかったんだわ。

ありありと浮かんでくる満足げな笑みを追い払うように頭を振れば、ふとこちらに向かってくる人影が視界を過ぎった。

顔を上げれば、目的の資料を見つけたのだろう彼が、積み上げるように重ねた四、五冊の分厚い本を運ぼうとしているところだった。

「あの、よければお手伝いしましょうか？」

「なに？」

怪訝な声に、思わずたじろいでしまう。

数冊私が持てば移動しやすくなるのではと思って声をかけたのだが、信じられないといった様子で驚く彼の姿に、恐る恐る口を開いた。

「ええと、私も手伝えば助けになるのではないかと思ったのですが……」

「結構だ。女性に重い物を持たせるほど、私も落ちぶれていない」

「そう、ですか」

重いと言うほどのものではないと思うが、確かに我が国の男性は、基本的に女性に荷物を持たせることはない。

むしろ率先して肩代わりをするのが普通であり、それは女性を大切にする行動の一つでもあった。

咄嗟(とっさ)に口に出た自分の提案が、前世の感覚によるものだったことを反省しながら、本を運ぶ彼の姿を見守っていれば、書庫の扉に向かっていた彼が、私の近くを通りかかったところで不意に足を止めた。

不思議に思って目を瞬けば、立ち止まった彼は、言いにくそうに口を開閉しながらも小さく呟く。

「……協力しようとしてくれた心遣いだけは感謝する」

そう告げた彼は、まるで逃げるように扉へ向かうと颯爽(さっそう)とその姿を消してしまった。

私の申し出を断ったことが気にかかっていたのか、わざわざ御礼を言葉にした律儀な態度に、思わず頬が熱を持ってしまう。

女性の立場が強い我が国でも、仕事の邪魔になるならば書庫を出て行かせることもできただろうし、申し出を断ったくらいでいちいち詫びを入れる必要性はない。

彼の一連の行動は、誰に強制されたでもなく、彼の本質から出たものなのだろう。

「……どこが『嫌われ公爵』なのよ」

思わずぽつりと独り言が口から漏れた。

頬を冷ますように両手でパタパタと扇（あお）ぐものの、頬の熱が治まる気配はない。

半ば恨み言のような私の呟きは、静かな書庫に吸い込まれるように消えていったのだった。

＊・＊・＊

公爵家を訪れて早六日。

バートやマチルダを始め、公爵家の皆のおかげで快適な毎日を過ごしていた。

朝起きて食事をとり、日中は公爵家について学びながら、身を清めて眠りにつく。

バッドエンドを迎えたはずの悪役令嬢にしては、あまりに快適すぎる断罪環境に驚きつつも、周囲に感謝しながら平穏な日々を享受していれば、あっという間に婚姻式の日が迫ってきていた。

夫となる予定のハウザー公爵と顔を合わせるのは、相変わらず一日に一度、夕食を共にする時間のみだ。

今日も今日とて、テーブルの上には気合いの入った料理が並ぶ。

晩餐の給仕のためにと周りを囲む使用人たちからは、例のごとく期待の眼差しが刺さるほどに注がれているようだった。

そんな期待も裏腹に、今日も定例の食事が始まる。

夕食を共にするようになって四回目になるが、初回は自己紹介とラクラス伯爵領の話だけで終わり、二回目は書庫で学んだ公爵領についての知識をおさらいするだけになってしまった。

三回目は公務について尋ねたところ公爵領の税収の話の途中に何かを思い出したらしく、急ぎの案件があったと彼が席を立ってしまったために二人の時間はお開きとなってしまった。

——仕事熱心なのはいいことだけど、できればもっと個人に踏み込んだ会話がしたいわね……。

友好的な関係を築くには、やはりお互いを知ることが必要だろう。

スープに手を付けながら、ちらりと向かいに座る相手を見る。

相変わらず眉根を寄せたままの彼は、こちらの視線に気付くと不意に口を開いた。

「おい」

突然かけられた言葉に、思わず肩が跳ねる。

こちらが話しかけるまで大抵無言で食事を続ける彼が、声をかけてきたことに少なからず驚いてしまった。

何かあったのかと緊張していれば、眉間に見事な縦じわを刻み込んだ彼がこちらの手元を凝視している。

彼の視線の先には、先程まで己の口に運んでいたスープと今届けられたばかりの主菜が置かれていた。

「前から思っていたが、なぜそんなに食事が遅いんだ？」

その言葉に彼の手元に視線を向ければ、彼はいつのまにやら一通りの食事を終え、最後の飲み物を口にしているところのようだった。

どうやらしばらくの間、私が食事を終えるのを待ってくれていたらしい。

これまで特別遅いと言われたことはないため、恐らく彼の食事のスピードが速いのだろう。

「お待たせしてしまい申し訳ございません」

こちらの食事が終わるのを待ってくれていたという彼の行動には感謝するものの、貴族女性の基本マナーとして、前世のように急いで口に運ぶわけにもいかない。

どうしたものかと逡巡（しゅんじゅん）していれば、眉間に縦じわを刻み込んだ彼が深い溜め息を溢した。

「別に謝罪を求めているわけではない。ただ、なぜそうゆっくりと食事をするのかと尋ねただけだ」

「理由、ですか」

彼の質問に、一瞬考え込む。

この国の貴族として、食事は会話を楽しみながら素材を味わうために時間をかけるものだと学んできた。

食事に時間をかけることによって、料理人や食材として捧げられた命に感謝すべきという教えを受けてきたのだが、それは公爵家という高い家門に生まれた彼も同じはずだ。

公爵家に生まれ育った彼が、貴族の食事マナーを知らないはずがない。

私の食事が特に遅くなっているのであれば何か理由があるはずで、つまり彼の質問に対する答えは――。


「会話が弾んでほしいと思っているからでしょうか」

「は？」

閃いたとばかりに口にした言葉を、神妙な顔で聞き返されてしまえば、食事室に何とも言えない沈黙が落ちる。

「……食事に時間をかけることはマナーの一環ですが、折角一日に一度、公爵様と顔を合わせる機会なので、何を話そうかと考えていたこともあり、もしかしたらいつもよりもゆっくりになっていたのかもしれません」

先程から考えていたのも、これまでの食事中における会話内容の振り返りだった。

せっかく周囲にお膳立てしてもらっているのだから、この機会を有効活用したいと思うし、婚姻式を目の前に、目標としていた友好的な関係もまだ築けていない。

数日後に夫婦になることは確定事項なのだから、和やかな会話のやりとりくらいできるようにはなっておきたいと思っていた。

私の返答に面食らったように一瞬目を見開いた彼は、すぐに我に返ったように訝しげな視線をこちらに向ける。

「私と話して、面白いことなど何もないだろう」

「そんなことないです。公爵領の気候についての話しもためになりましたし、税収についても勉強になりました。ただ、もし可能なら今日は公爵様ご本人についてのお話ができたら嬉しいと考えていたのです」

「私について?」

「はい、個人的な好みだとか、興味のあることだとか」

私の提案に、彼はわかりやすく顔を顰める。

何かを思い悩むように口を引き結んでしまった彼を見て、慌てて言葉を続けた。

「ええと、そうですね。初めは天気の話題とかだと話しやすいかと思いますが」

「……同じ場所で寝起きをしていれば、見ている天気は同じだと思うが」

「それでいいじゃないですか。今日は晴れてますね、いい天気ですね、で一往復の会話が成立しますし、どんな天気が好きだとか、公爵様の好みも尋ねることができます」

私の提案に「うっ」と言葉を詰まらせた彼は、視線を逸らしながら小さく呟いた。

「……雨は、好きではないな」

「ふふ、そうなのですね。私も同じです」

「ただ晴れでも連日だと高温期には辛いから、適度には雨の日も欲しいな」

「曇りくらいがちょうどいいかもしれませんね。太陽光が和らげば過ごしやすいですし」

私の同意に、彼は照れくさそうに頭を掻く。

「……このような話、楽しいか？」

「もちろんです。公爵様の好みを一つ知れましたから」

そう口にしながら微笑みかければ、彼はどこか落ち着かない様子で視線を彷徨わせる。

落ち着かない様子でカップを手に取った彼は、その水面をじっと見つめると深い溜め息を吐いた。

「ここ数日間で気付いていると思うが、私は基本仕事ばかりだから気の利いた話題を持っていない。だからその、あまり会話は期待しないでくれ」

尻すぼみなその言葉に、思わず口元が緩みそうになる。

会話が苦手な様子ながらも、私の希望に沿って言葉を交わそうとしてくれるその姿勢が嬉しかった。

「ふふ、ありがとうございます」

「……なんのお礼だ」

「公爵様のお気持ちに対して、でしょうか」

私の返答に、彼は訝しげな視線をこちらに向ける。

「気の利いた話題なんて私も持っていません。今日の出来事だったり、最近起こった嬉しいことだったり、なんでもいいので公爵様の感じたことを教えていただきたいです。公爵様が今日一日過ごされる中で、何か気になったことや心に残ったことはありませんでしたか？」

言葉と共に微笑みかければ、僅かにたじろいだ彼が、じとりとした視線をこちらに向けた。

「……貴様は、今日一日どう過ごしていたんだ」

どうやら人に尋ねる場合は自分から話す方式らしい。

彼からの質問に、今日一日の出来事を思い返してみる。

「そうですね、今朝起きて一番にマチルダから花を受け取りました」

「庭師たちからだろう。部屋に飾れるよう毎日届けていると聞いている」

「よく御存じですね」

「……別に、報告が上がってくるだけだ」

彼は口籠もるように言葉を返すと、顔を背けてしまう。

一方的でなく、こうして会話ができていることが嬉しい。

「公爵様は、お好きな花はありますか？」

「特に、これといったものはないな」

「そういえば容姿の美しい方はよく花に例えられがちですが、公爵様は花に例えられたことはありませんか？」

「……無いことは、ない」

時々考え込むような仕草が見えながらも、きちんと返答をくれる彼の様子に、つい心が高揚してしまう。

初めて続く会話のやりとりに、舞い上がるような心地で言葉を続けた。

「公爵様ならきっとあるだろうなと思っていました。きっとどんな花でも似合ってしまうだろうなと思います。今日庭師の方からいただいた花はフリージアだったのですが、飾ってみると随分と部屋が明るい雰囲気になりました」

「フリージアは、今が盛りだろうな」

「はい。ハウザー公爵邸の庭園で、今一番見頃の花だそうです。鮮やかな黄色の花弁がまるで太陽のように輝いて——」

「相変わらず、黄色が好きなんだな」

私の言葉を遮った低い声は、食事室に妙に響いた。

彼の一言をきっかけに、周囲はしんと静まり返る。

つい先程まで和やかな会話を続けてくれていた彼は、なぜかこちらから顔を背けるようにして扉のほうへと視線を向けていた。

——『相変わらず』……？

先程の言葉を胸中で復唱している内に、食後の飲み物を一気に口に含んだ彼は、静かに席を立つ。

「会話の途中で申し訳ないが、用事を思い出した。先に失礼する」

そう告げると真っ直ぐ扉へと向かった彼が食事室を出て行くと、室内には私と、こちらを気遣うような視線を向ける使用人たちが取り残された。

落ち着かない空気の中で、側にいたマチルダに声をかける。

「マチルダ、もしかして公爵様は黄色がお好きではないのかしら」

これまでの会話を聞いていた彼女に問えば、私の質問にマチルダはおずおずと頭を下げた。

「……いえ、特に嫌われてはいなかったかと」

マチルダは肩を窄めるようにして、小さな声で答える。

彼女が私に嘘を吐くとは思えないが、言いにくそうに顔を俯けている様子を見れば、何かしら心当たりがあるのかもしれない。

ここで彼女に聞いてしまうこともできるが、彼の個人的な事情を本人以外に聞くのはマナー違反に感じて気が引けた。

「ごめんなさい、これは公爵様に直接聞くべき質問だったわね」

そう告げて微笑みかければ、マチルダは申し訳なさそうに深く頭を下げた。

「また近いうちに、お尋ねしてみることにするわ」

そう口にしながら、手元にあった主菜を口に運ぶ。

彼との会話中は温かだった鴨肉(かもにく)は、時間が経ってしまったせいか、なんだかひんやりと冷えてしまっていた。

＊・＊・＊

食事を終えたあと、片づけを手伝うというマチルダを残して自室へと向かう。

日中は徐々に温度が上がっているこの時期でも、夜は気温が下がり、風のある日は少し肌寒いくらいの時間だった。

渡り廊下に差し掛かれば、ひんやりとした夜風が頬を撫でる。

その柔らかな空気を胸いっぱいに吸い込むと、ふと甘い香りが鼻孔をくすぐった。

——花の香り？

薄闇に包まれた中庭に視線を向ければ、うっすらと白く揺れるものが見える。

その甘い香りに誘われるように、月明かりの中庭へと足を踏み出した。

いつもは庭師達（たち）が手入れをしている庭園に向かい、薔薇（ばら）のアーチを潜ればそこには美しく咲き乱れる花々が広がっている。

咲き誇る花たちに視線を奪われていると、不意に先程の甘い香りが漂ってきた。

香りのほうへと視線を向ければ、そこには凛とした佇まいの白百合（しらゆり）が咲いている。

白百合に近づき、指先でそっと花弁の上をなぞれば、しっとりとした感触が伝わってきた。

「先程の香りは、貴方（あなた）だったのね」

ぽつりと呟いた言葉は、静かな庭園に吸い込まれていく。

もちろん返答があるはずもないが、ちょうど吹いてきた夜風に揺れた花が、なんだか返事をしてくれているように感じられて少しだけ心が和らいだ。

先程、嫌われ公爵である彼は特に好きな花はないと言っていたが、これほどまでに美しく管理されている庭園があるのだから、興味を持って見てみたらいいのにと思ってしまう。

「そういえば、マチルダは薔薇が好きだと言っていたわね」

以前公爵邸を案内している間に、彼女は薔薇が一番好きだと言っていた。

庭師の皆から、お気に入りの花があれば好きなだけ持って行っていいと言われたこともあり、先程不躾な質問をしてしまったお詫びに、一本マチルダに持って帰ろうかと薔薇のほうへと向き直る。

色とりどりの薔薇が咲き乱れる場所で、薄桃色のものを見つけて手を伸ばした。

――誰かに花を贈るなんて、久しぶりだわ。

前世では母にカーネーションを贈ったこともあったと思い出しながら、薔薇に触れようと伸ばした指先に、チクリと何かが刺さった。

「痛っ――」

「何をしているっ⁉」

突然背後から声をかけられたと同時に、ぐいっと肩を引かれる。

大きな叫び声と共に目の前に現れた相手は、乱れた銀髪をそのままに、肩で息をしながらこちらを凝視していた。

「こ、公爵様?」

「見せてみろ!」

掴まれるようにして、引き寄せられた自分の手が、彼の目の前に晒される。

先程薔薇の棘に触れてしまった指先からは、ぷつりと小さな血の玉が膨らんでいた。

「……これだけか?」

彼の質問に頷いて答えた私の様子に、彼は目を瞬いた後、肩の力が抜けたように深い溜め息を吐いた。

月明かりに照らされた庭園で、手を取り合う男女という状況に、何とも言えない沈黙が落ちた。

心配してくれたのだろうかとか、なぜここがわかったのかとか、聞きたいことはたくさんあるが、先程気まずいままに夕食を終えたせいか、うまく次の言葉が口から出てこない。

黙り込んでしまった私たちを囲むように、夜風に揺れる花々の葉擦れの音だけが静かに響いていた。

涼やかな風が肌の上を滑って行った感触に、そういえば彼に手首を掴まれたままだったことを思い出す。

それほど力も込められていないので、こちらから外すこともできるだろうが、怪我を心配してくれた相手の手を断りもなく振りほどいてしまうことは躊躇われた。

「あの、手を……」

私の声で手を繋いだままだったことを思い出したのか、彼は慌てたように私の手を放す。

「……急に手を掴んでしまってすまなかった」

繋いでいた手を解かれると共に、深々と頭を下げられてしまった。

「いえ、公爵様が私の心配してくれたのはわかりましたから」

彼の行動に驚きはしたが、悪気がなかったことは十分に伝わっている。

私の言葉に顔を上げた彼は、一瞬こちらを見たかと思うと、すぐにその視線を俯けてしまった。

「……ここで何をしていた？」

ぽつりと零れたようなその質問に、小さく首を傾げた。

「自室に帰る途中で花の香りがしたので、つい立ち寄ってしまいました。以前庭師の方に持ち帰ってよいと声をかけていただけたので、マチルダの好きな薔薇を一本いただこうかと思いまして」

私の言葉に彼は驚いたように目を見開くと、すぐに深い溜め息と共に目元を押さえた。

「そうか、私はてっきり——」

「てっきり……？」

「……いや、なんでもない」

そう呟いた彼は、先程私が手折ろうとした薔薇へと手を差し伸べる。

「これでいいのか？」

「えっはい。あの、でも公爵様の手が——」

「男の手など傷があるくらいのほうが様になる。だが貴様は違うだろう」

そう言いながら易々(やすやす)と一本の薔薇を手折った彼は、私の目の前に差し出した。

「薔薇の棘は深い傷を作ることもある。以後気を付けるように」

「ありがとう、ございます」

薔薇を受け取ろうとするときも、そこじゃなくここを持てと棘の無い部分を握るようにと指示を受ける。

彼の気遣いをくすぐったく感じながらも、その優しさを嬉しいと思ってしまっている自分を感じていた。

「……あまり一人で出歩くんじゃない。邸内とはいえ、暗い場所に危険がないとは限らない」

低く呟いた彼は、その場で踵を返す。

「自室まで送る。……一人で戻らせて、またどこかで怪我をされても困るからな」

そう語る彼の背中に、じんわりと胸の奥が温かくなる。

渡り廊下へと向かう彼の背中を追いかけながら、彼から受け取った一輪の薄桃色の薔薇を、大切に両手で包むのだった。

＊・＊・＊

公爵邸での一週間はあっという間だった。

夜の庭園で会って以降特に進展のないまま、七日目を迎えた早朝、日が昇る前に慌ただしく馬車に乗せられた私たちは正午を回った頃に王都へと到着した。

王家の命による私たちの婚姻式は、聖母教の大聖堂でそれぞれの身内だけで粛々と執り行われる。

夫となるハウザー公爵には両親も兄弟いないため、彼の両親代わりに参列したのはマチルダとバートだった。

「お父様、お母様！」

「ああ、クローディア。久しぶりだね」

「素敵なドレス、似合っているわ。心配していたけれど、ハウザー公爵から贈っていただいたドレスに身を包んだ貴女の笑顔を見ることができて良かったわ」

婚姻式の前に、着替えを済ませた私の元に訪れてくれた両親は、一週間ぶりの対面に両手を広げて喜んでくれた。

公爵様本人が贈ってくれたかどうかはわからないが、以前の輿入れのときとは違い、今日の婚姻式にはちゃんとしたドレスが用意されていた。

純白の生地にふんだんにレースが重ねられ、アイスブルーの宝石が散りばめられたドレスは、傍目(はため)から見ても華やかで素敵な仕上がりだった。

王家に定められ半ば強制的に行われた婚姻式だったが、両親にハレの姿を見せるという、前世でできなかった親孝行の一つが達成できたことにじんわりとした幸せを感じてしまう。

婚姻式を終えて、とんぼ返りをするように大聖堂から公爵邸へと戻った頃には、とっぷりと日が暮れていた。

公爵邸に戻ってすぐ、私は女性使用人の皆に囲まれ身体中を磨かれる。

良い香りのクリームを塗りこめられ、丁寧に髪を梳かされ、極め付けにと薄地の柔らかい布でできたナイトドレスに身を包む。完璧なまでに身支度を調えた私が案内されたのは、これまでの自分の部屋ではなかった。

公爵家から離れた別邸の一室。

扉を開けば、何とも甘い香りが鼻をくすぐり、部屋の奥にはレースの天蓋のついた大きなベッドが見える。

まさに準備万端のその部屋に足を踏み入れれば、深々と頭を下げた使用人一同が去って行った。

——婚姻式の後は、初夜よね。

使用人たちの気合いをひしひしと感じる室内を見渡して、正にという空間に遠い目をしたくなる。

周囲を見回せば、ほんのりと灯るランプやふんだんにレースの施された天蓋。

部屋に飾られた大輪の薔薇に、机の上には年代物の葡萄酒や盛りに盛られた果物の山が用意されていた。

コンコンと扉を叩く音が響くと、ゆっくりと扉が開く。

そこには、大聖堂で愛を誓ったばかりの夫——ハウザー公爵が憮然とした様子でこちらを見つめていた。

彼も使用人によって頭から爪の先まで磨かれたらしく、その銀髪がほんのりと湿り気を帯びている姿は、なんだか無理やり洗われた飼い猫のようでもある。

――黙っていれば、本当にどこかの王子様のような見た目なのに。

そんなことを考えながら彼の姿を眺めていれば、ツカツカと部屋に入ってきた夫は、私の横を通り過ぎると、勢いのままにベッドに腰を下ろした。

彼が腰を下ろした拍子に、真っ白なシーツがふわりと波打つ。

憮然とした様子の彼は、座ったまま私のほうへ視線を向けると、何かを逡巡するように視線を泳がせ深い溜め息を吐いた。

その不思議な行動に首を傾げれば、眉根を寄せた彼が低く呟く。

「……逃げるなら、今だぞ」

短く告げられたその言葉に、目を瞬かせる。

突然の提案に呆然としている私の様子に彼は更に眉間の皺を深くしながら渋面を作った。

「貴様の事情については把握している。あれほど尽くしていた第三王子から婚約破棄され、王家から私に嫁ぐように命じられたのだろう。男爵令嬢に嫌がらせをしたという第三王子の証言についても、奴の虚言であることは確認済みだ」

予想だにしていなかった発言に、目を見開く。

まさか王都から遠く離れたこの場所で、私の事情を把握している人物がいるとは想像もしていなかった。

「なぜ、それを――」

「自分の縁談相手について調べるのは当り前だろう」

そう言われて、自分自身も『嫌われ公爵』について情報を集めていたことを思い出した。

「同情に値する身の上だとは思うが、王家から婚姻を押し付けられたのはこちらとて同じことだ」

その一言に、思わず身を固くする。

彼が『悪役令嬢』である私との婚姻を押し付けられたことはもちろん知っていたが、それをはっきりと言葉で示されると、心の内をざりっと荒い目に削られたような心地になった。

やはり、彼はこの婚姻を不服に思っていたのだ。

わかってはいたものの改めて明示された事実を前に、つい顔を俯ければ、ふと身に纏っていた薄地のナイトドレスが目に映った。

不本意なまま婚姻を押し付けられ、不満を抱いている相手に、どうして私はこんな格好で対面しているのだろう。

男性を誘うような格好をしている自分が、ひどく滑稽に思えて仕方がなかった。

――友好的な関係を築きたいと思っていたけど、本人が嫌がっているのを無理強いすることはできないわね。

自嘲の笑みを浮かべ、小さく溜め息を溢す。

彼が拒否を示しているのならば、これ以上を望むことはできないだろう。

両親にハレの姿を見せることができただけでも御の字だと、彼の提案に従って逃げてしまうのもいいかもしれない。

そんな選択肢も考えながら顔を上げれば、なぜか真っ直ぐこちらを見つめる彼と目が合った。

思わず瞬けば、向かいの彼はふいと視線を逸らす。

「……私との婚姻が嫌で、自死を選ぼうとしたらしいな」

その言葉に、目を瞠った。

服毒の件まで彼が知っていることを驚くと同時に、その声が酷（ひど）く沈んだ様子に聞こえて戸惑いを覚える。

「嫌々婚姻を結ばれるほうが迷惑だ」

目を伏せた横顔は、まるで私の起こした行動に傷ついているように見えた。

「王家の命だからといって、無理やり従う必要はないはずだろう。それこそ聖母教の教えを振りかざせばいい。女性であれば押し付けられた婚姻なんて跳ね返すこともできただろうに、なぜ受け入れたんだ。今だって、死を選ぼうとまでした相手を前にして、なぜ逃げようとしない」

厳しい口調ながらも、彼の口にしている内容に耳を傾ければ、私自身を気遣ってくれていることがわかる。

――やはり、彼は優しい人なんだわ。

かけられた言葉に、なんだか張りつめていたものが緩み、肩の力が抜けてしまった。

「夫となったばかりの貴方がそれを言いますか？」

苦笑交じりの私の言葉に、彼はバツが悪そうに視線を逸らした。

「……夫となったと言っても形だけだろう。今ならまだ逃げられると言っている」

「形だけの関係が嫌なのですか？」

私の質問に、彼は訝しげな視線をこちらに向けた。

唇を僅かに動かし、口にしようとした言葉を躊躇（ちゅうちょ）するように呑みこんだ彼は、ふいっとその顔を背けてしまう。

「お互いに押し付けられた者同士の婚姻が、形だけにならないはずがないだろう。貴族同士の政略結婚ではよくあることだ」

「きっかけはそうだとしても、私たちの考え方次第で変えることはできるのではないかと思いますが」

「……どういう意味だ」

こちらに向けられた疑いの眼差しに、ふっと頬が緩んだ。

半ば睨んでいるようにも見える彼の視線は、美しい顔面も相まって初対面であれば怯（ひる）んでしまったかもしれない。

しかし、ここ数日彼の内面に触れていたためか、その視線に畏怖を感じることはなかった。

「押し付けられた者同士だろうが余り者同士だろうが、夫婦となった後も仲良くしてはいけないだなんて道理はないと思うんです。それぞれ歩み寄って、過ごしやすい距離感を模索すれば、想い合って結ばれた夫婦よりも、よりお互いが満足できる夫婦関係を築けると思いませんか？」

透け透けのナイトドレスでは頼りなさげに見えるかもしれないが、とりあえずかたちとして、力強く胸元を叩いてみせる。

そんなこちらの様子をしばらく窺っていた彼は、戸惑った様子で眉根を寄せた。

「しかし、貴様は死を選ぶほど私との婚姻が嫌だったのだろう」

「いいえ、違います」

「なに？」

彼は片眉を上げるようにして、怪訝な視線をこちらに向ける。

「私が毒を呷ったのは公爵様との婚姻が嫌だったわけではありません」

「……ではなぜ毒を呷った？」

「自分の死をもって元婚約者を戒めようと考えたからです。王族の婚約者として最後の務めだと思い、己の死をもって元婚約者の愚行を諫めようと思いました。結局は死に至りませんでしたが、死の淵から蘇ったときから改めて私はクローディア・ラクラスとして生きていくことを決意したのです」

私の言葉に、彼は呆けたようにポカンと口を開けた。

「公爵様との婚姻のきっかけは確かに王家からの命のようなものでしたが、私はこの婚姻を後悔しておりません。少なくとも、今日の婚姻式でハレの姿を両親に披露できたことは心から嬉しく思いましたし、ご協力くださった公爵様に感謝しております」

ベッドに座る彼に向けて、ありがとうございますと深々と下げる。

婚姻式の行われた教会で、笑顔の両親に育ててくれたお礼を告げられたことは幸せな出来事だった。日中の出来事を思い出しながら頬を緩ませていれば、正面から何かが倒れたような音が聞こえてくる。

そこには先程まで姿勢正しく座っていた彼が、身体を倒して寝そべるような状態で、両手で顔を覆うようにして天を仰いでいた。

「……後悔をしていないなど、そんな話、すぐには信じられない。この一週間で、私に好意を抱いたわけでもあるまいし」

表情は見えないものの、先程よりもなんだか柔らかくなった口調に、彼の元へと歩み寄りゆっくりとその顔を覗き込んだ。

「尾ひれ背びれのついた噂も広まっていたようですし、お疑いになるのも仕方のないことだと思います。でも、やっぱり私は公爵様との婚姻を嫌だとは思えませんから」

「なぜだ」

なぜかと問われてしまうと言葉に詰まる。

初めは政略結婚の相手が変わるだけだと思っていたが、聖母教の及ばない前世の記憶が甦ったせいか、彼の女性に対する振る舞いについても特段問題があるとは思えず、王家から被害を受けた立場としては仲間意識すらあるほどだ。

前世の記憶が戻ったからだなんて突拍子もないことを言い出すわけにもいかないし、たった一週間で心底惚(ほ)れこんだというのも嘘になる。

彼を受け入れるきっかけになったもの――。

視線の先には、ベッドに広がる銀髪とその整った顔を両手で覆っている彼の姿が映った。

「……公爵様のお顔が驚くほどに美しかったから、とかでいかがでしょうか」

「は？　顔？」

「いえ、なんでもありません」

大きめの咳(せき)払いで先程の発言を全力で流しながら、突然の一目惚(ひとめぼ)れ発言は不審すぎたかと心の内で反省する。

彼の容姿が整っているのは確かな事実だが、考えを改めるきっかけではなかった。

真実を誤魔化(ごまか)すために、下手な嘘を作り上げるのはやめておこう。

「まあ、とにかく。私にも心境の変化があり、可能であれば友好的な円満夫婦関係を築いていきたいと思っているのです」

公爵様の見た目が美しすぎたせいで、うっかり忘れそうになっていたが、今こうしている私は、婚約破棄をされ王都を追放された悪役令嬢のバッドエンドを迎えた後なのだ。

せっかく息を吹き返して生きる覚悟をしたのだから、どんな運命だったとしても幸せを目指したい。

政略結婚だろうが押し付けられた者同士の婚姻だろうが、幸せを目指して歩み寄る努力をしたって許されるはずだ。

「お互い夫婦となれるよう、努力をしてみませんか？」

そう口にしながら、手を差し出す。

握手を求めるように伸ばした私の手を見つめ、天を仰いでいた彼は呆然とこちらを見つめていた。

しばらく考え込んでいた様子の彼は、伸ばされた手と私の顔を交互に見やりながら、その眉間に皺を寄せる。

「……信じられん」

「すぐに信じてほしいとは言いません。お試しからでもいいので、円満な夫婦関係を目指してみませんか？」

にこりと微笑みかければ、ベッドに身体を横たえていた彼がのそりとその上体を起こした。

その身を起こすと、顔を俯けるようにして低く呟く。

「……気持ちが無くても、夫婦にはなれると？」

「そうですね。恋愛感情があろうとなかろうと、相手を気遣い思いやる気持ちさえあれば、円満な夫婦関係を目指すことはできると思っています」

そう告げた私を、彼はじっと見つめる。

何かを考え込むように難しい顔をしていた彼は、不意に視線を逸らすと深い溜め息を吐き、その銀髪を乱すようにガシガシと頭を掻いた。

「……それなら証明して見せろ」

「え？」

「証明しろと言ったんだ」

「なにをでしょうか？」

聞き返した私の言葉に、彼はキッとこちらを見上げる。

「私と夫婦となれるよう努力をすると言ったな？」

「はい」

「本当に私と夫婦になる覚悟があるのか？」

「もちろんです！」

探るような彼の質問に断言する。

これで安心してくれればいいと思ったが、彼は目を丸くしたと同時に呆れまじりの溜め息を溢すと、深く項垂れてしまう。

不可解な彼の行動に声をかけようとしたとき、小さな呟きが耳に届いた。

「……私と夫婦になる覚悟があるのなら、もちろん私を受け入れられるんだろうな？」

その響きに、一瞬何をと口に出しかけて呑みこむ。

彼の口にした『受け入れる』という言葉は一体何を指すのか一瞬悩んだものの、現在置かれている我々の状況を鑑みてみれば、答えは一つしかなかった。

「それは、つまり男女の交わりということでしょうか？」

「……そうだな」

肯定の言葉に、考えを巡らす。

聖母教の浸透する我が国では、合意のない身体の関係を強いられないために、女性は男性からの求めを拒否することが可能である。

たとえ夫婦であろうが、妻が拒否をすれば夫は身体の関係を強いることはできない。

だから彼も念のために確認をしたのだろうが、身体の関係まで視野に入れているということは、彼も私の提案を前向きに考えてくれているのだろう。

彼と身体の関係を持つことができるかと問われれば、できる。

そのつもりで身体を磨き上げられた上に、この透け透け衣装を身に着けているのだ。

しかし、ここでどうぞと言っても、私の覚悟の証明にはならない気がする。

もっとはっきり、彼が納得する形で私の覚悟を証明する方法は――。

「それでは、私が奉仕しましょうか？」

「なに？」

私の提案に、公爵様は片眉を吊り上げた。

聖母教の浸透する我が国では、基本的に女性が奉仕するという概念はない。

女性は男性に奉仕されることが基本であり、閨（ねや）についても男性に身を任せるだけでいいと言われてきた。

そんな中で私が彼に奉仕をするという行動は、最大級の覚悟の証明となるはずだ。

貴族令嬢として育ってきた今世の知識では心もとないが、幸い私には前世の知識がある。

前世でも残念ながら経験自体はなかったが、小説や漫画、二次元の知識なら多少なりとも奉仕のバリエーションに心当たりがあった。

「例えば、口淫などは――」

「なっ⁉　だ、誰にそんなことを吹き込まれた⁉」

「なんでもありません間違えました」

彼の様子を見るに、今世で女性の口淫は少々破廉恥すぎたらしい。

奉仕と言えば口淫かなと前世の知識で提案してみたのだが、少々当てが外れたようだ。

とりあえず今の提案はなかったことにして次策を考える。

破廉恥すぎず、わかりやすく覚悟を証明できそうな奉仕とは――。

前世の知識を総動員しながらアイディアを絞り出していれば、不意に向かいから大きな溜め息が聞こえてきた。

視線を向ければ、ベッドに座った彼がこちらの様子を窺うように、その薄紫色の双眸を細める。

「……もし本気で証明したいというのならば、貴様が上となり私を受け入れるがいい」

突然の提案に目を瞬かせれば、そんな私の様子を見て、彼はその目を伏せるようにして冷笑を漏らした。

「尤も、できるなら、の話だがな」

その言葉に、彼が私の覚悟を信じていないことを確信する。

私の『婚姻を嫌がっていない』という言葉を信じられないせいで、夫婦となることを躊躇してしまっているのだろう。

——これは証明するしかないわね。

覚悟を決めて、拳を握る。

彼の求める行為は、恐らく騎乗位だ。

横たわる男性の上に女性が乗り、男性のソレを女性が受け入れる体位。

男性経験のない自分にとっては未知の行為だが、小説や漫画などで何度か見たことはある。

私が彼の上に乗って、己の秘所に相手のモノを受け入れるだけ。

——できそう……いや、できる。やるしかない！

騎乗位を初夜で示すだけで、彼の信頼を得られるのならば安いものだ。

覚悟を決めると、彼に向かって大きく頷いた。

「……やります」

「はは、そうだろうな、無理に決まっている。好きでもない男相手に身体を許すなんて――……おい、今なんと――」

「やらせていただきます!」

力強く宣言した私の言葉に、公爵様はその目を大きく見開いた。

驚きに固まっている彼の側に寄り、腕を伸ばしてベッドのほうを示す。

「どうぞ、上がってください」

「は……いや、本気か?」

「もちろん本気です。女に二言はございませんから」

どんと胸元を叩いた私に戸惑いつつも、言われるがままにベッドに上がった彼は、しずしずとその身体を横たえた。

彼の動きに合わせてベッドが揺れれば、洗い立てのシーツからリネンの香りが広がる。

呆然とした様子の彼を見下ろしながらベッドに上がった私は、失礼しますと声をかけると彼の身体を跨(また)ぎ、下腹部あたりに腰を下ろした。

薄い布の透け透けナイトドレス越しに、相手の体温が伝わってくる。

「……やめるなら今だぞ。別に無理する必要は――」

「大丈夫です。できます。多分」

焦るような上ずった声をあげた彼を見下ろしながら、私は深く頷いた。

彼の上に乗って形だけはそれらしくなったものの、ここから先は未知の領域だ。

――行為を始めるには、まずは服を脱がすべきかしら。

小説なら『愛撫(あいぶ)』の一言で示される行動の詳細が、実際になるとどう行動すべきかわからない。

漫画も小説も、大体想いが通じ合ってのベッドシーンだったから大抵キスから始まっていた気がする。

そんなことを考えながら彼のほうに視線を向ければ、ぱちりと目が合った。

目が合ったことに驚きながらも、戸惑いがちにこちらを見上げている彼は、なにかを言いたげに見える。

もしかして、ぎこちない私の行動を見て、やはり初心者に騎乗位を任せるのは不安に感じているのだろうか。

「……あの、やめておいたほうがよろしいですか？」

確認を口にすれば、彼は明らかにほっとしたような表情を浮かべた。

「で、できないのならば初めからそう言えばいい。義務のために貴様が身体を傷つける必要もないし、無理だというならば――」

「いえ、無理でありません」

「なに？」

こちらを見上げる彼は、私の言葉に目を瞬く。

「無理ではありませんし、私はちゃんと自分の覚悟を示したいと思っています。ただ、なにぶん初めてのことで、実際に事に及ぶとなると、どこから始めればいいのかと少し手間取ってしまい申し訳ありませんでした。今から始めたいと思うのですが、行為を始めるには恐らく公爵様のモノに勃っていただく必要があるので、ご協力いただけますか？」

「勃っ――なっなん⁉」

公爵様はその顔を真っ赤に染めると、声にならない叫びを上げた。

直接的過ぎたらしい自分の言動を反省しながら口元を手で覆っていれば、私が腰を下ろしている下のあたり――つまり彼のソレがあるべき場所に、既にある程度の固さを持ちつつある存在が主張していることに気付く。

私の視線の動きで、モノの変化に気付いたらしい彼は、赤く染まっていた顔を一瞬にして青ざめさせた。

慌てて上体を起こそうとしたらしいが、腰の上に乗る私の存在に遠慮してか身動きは取れないようで、気まずい沈黙の中で暫くもがいていた彼は、結局諦めたように静かにベッドに沈み込んでいく。

大人しくなった彼は、羞恥心からか、唇を噛み口元を引き結んでいた。

――なんだか悪いことをしている気分になるわね。

相手が提案してきたこととはいえ、もし途中で中断を求めるような声が上がれば、すぐにでも止めようと心に決めながら、彼のシャツのボタンに手をかけた。

指先が触れるたびに、緊張からか相手の身体がびくりと反応する。

薄らと閉じられた瞼の隙間から覗く瞳は、私の手の動きをじっと見つめているようだった。

相手は八歳も年上の成人男性のはずなのに、私が上に乗っているせいかされるがままの相手がなんだか可愛らしく思えて、思わず手を伸ばして彼の頭をそっと撫でる。

その感触に驚くように目を見開いた彼は、次の瞬間じとりとした視線をこちらに向けた。

「……なんのつもりだ」

「いえ、なんとなく」

さすがに成人男性に対して、可愛らしかったからとは口に出せない。

「美しい髪色だなと思っただけです。銀色の髪、月の光が当たるとキラキラと光って綺麗(きれい)ですよね」

初めて会ったときも美しいと思ったが、印象深かったのは夜の庭園で目にした姿だった。

あの夜、花々が咲き乱れる庭園で、その銀色の髪に月明かりを反射させ夜風に揺らしている姿は、一枚の絵画のようにも見えた。

そんなことを思い出していれば、小さな呟きが耳に届く。

「……貴様が本当に好んでいたのは金髪だろう」

「え？」

独り言のようなその呟きに首を傾げようとした瞬間、ぐるりと視界が反転した。

気が付けば身体はベッドに沈み込み、視界には天蓋と、覆いかぶさる公爵様の姿が映っている。

「公爵様？」

「……気が変わった」

そう告げた彼は、ゆっくりと上体を傾ける。

近づいてくる美しい顔に反射的に目を瞑れば、唇に柔らかいものが当たった。

薄らと瞼を開けば、薄紫色の双眸がこちらを覗いている。

「もし途中で無理だと思ったら、蹴飛ばしてもいいからはっきりと拒否を示してくれ」

そう告げると再び唇が重ねられた。

柔らかな感触が触れ、僅かに離れると角度を変えてまた押し付けられる。

「んっ」

初めての感触に驚きながらも、口付けを交わしているという事実を理解した途端、カッと全身が熱くなった。

何度も啄ばむように口付けをされ、引き結んでいた唇が自然とほどけると、その僅かな隙間から熱を帯びた舌が割り入ってくる。

上顎を舐め、柔らかな頬の内側をなぞり、緊張に縮こまっていた私の舌を誘い出すかのようにちろちろと舌先を撫でる。

感じたこともない甘い刺激に身じろげば、彼の手によって両腕を頭の上に縫い止められてしまった。

覆いかぶさるように口付けを深められ、彼の重みにベッドに沈み込む。

「んっ……ぅ」

重ねた唇の隙間から、水音が漏れる。

激しく貪られるような口付けを交わしながら、彼の指先が輪郭を撫で、首筋を伝うように肌の上を滑ると、身に着けていたナイトドレスのリボンにかけられた。

観音開きになっている薄布は、リボンを引き抜かれれば、あっさりとシーツの上に広がり、覆われていた肌が露わになる。

ひんやりとした空気が表面を撫でるその感触に、彼の目の前に素肌を晒していることを自覚して、羞恥で身体が火照りはじめる。

反射的に胸元を隠そうとするものの、彼に両手を押さえられている状態では、抵抗のしようもなかった。

「……綺麗だ」

低く呟かれた言葉に、顔から火を噴くように熱くなる。

きっと彼は初夜だから、閨の作法として相手を褒める言葉を口にしているだけだ。

お互いに気持ちはないことを知った上で、夫婦として円満な関係を築くための行為のはずなのに、まるで好きな人にかけるような言葉に、心の奥が締め付けられるような心地になる。

恥ずかしくて硬く目を閉じていれば、彼の唇が瞼に優しく落とされた。

そのくすぐったいような感覚に身じろぎをすれば、再び唇が重ねられる。

舌先を吸い上げられ柔らかく食まれ、注がれる甘美な感覚に溺れていると、彼の指先が肌の上を滑り、胸の膨らみの形をなぞるようにゆっくりと撫でた。

大きな手に包みこまれ、その形を確かめるようにやわやわと揉みしだかれる。

徐々に硬く立ち上がり始めている胸の先端が、彼の手のひらに擦れるたびに、甘く痺れるような感覚を腹の奥に響かせる。

どうしたらいいのかわからないもどかしさを覚えていたとき、不意に彼の指先が胸の先を弾いた。

「ひぁっ」

思わず漏れた声に驚きながらも、胸の先端をカリカリと引っ掻かれれば、今まで感じたこともない感覚がゾクゾクと背中をせり上がってくる。

身体の奥に燻る身悶えしたくなるような熱を何とかしたくて、短く息を吐きながら身体を捩った。

私の上に覆いかぶさっていた彼は、触れるだけの口付けを落とすと上体を起こし、その唇を胸元に寄せる。

その吐息を感じた次の瞬間、ぷくりと膨らんでいた胸の先を彼の口に含まれた。

「あぁっ！」

温かな口内に含まれた先端は、蠢く舌先に転がされたかと思うと、音を立てて吸い付かれる。

彼の指先に弾かれていたもう片方の胸の先をぎゅっと摘まれると、強すぎる刺激に急速に理性が溶けだし始めた。

「やっぁ……んっ」

胸の先に吸い付かれるたびに、甘美な刺激が背中を走り抜けていく。

はしたない声をあげたくなくて唇を噛みしめても、次から次にせり上がってくる快感のせいで、口の端からはひっきりなしに嬌声が零れてしまっていた。

与えられる刺激を逃したくても、両腕をベットに縫い止められてしまっていれば、ただただ身じろぎをするくらいの抵抗しかできない。

胸先を弄んでいた指先が、太腿の上を撫で、脚の付け根へと伸ばされた。

下着の上からつっとなぞられるだけで、下腹の奥に籠もっていた熱がとろりと溶け出したのがわかる。

明らかに湿り気を帯びた場所に触れられていることに羞恥を感じていれば、彼は下着の横紐をするりと引き抜いた。

下着を取り払われ、外気を感じれば、秘所が露わになったことを自覚する。

湿り気を帯びたその場所に触れた指先は、割れ目に沿って表面を撫でると、蜜を溢すその場所をつぷりと押した。

「……経験はないと思っていたが」

独り言のような呟きと共に、彼の指先がぐっと中へと沈められる。

「いっ！」

これまでずっと閉じていた場所をこじ開けようとしてくる動きは、言いようもない圧迫感があった。

突然入ってきた異物を拒みたいのに、蜜を掻きだすように入り口を擦られると、どうしてかその場所は更に蜜を溢れさせる。

「味見された様子は、なさそうか」

ぽつりと漏らされた呟きが耳に届く前に、彼の指がぐるりと内壁を撫でる。

零れる蜜を纏いながら内壁を押し広げる彼の指が、くちくちと水音を立てながら己の内側をかき乱すたびに痺れるような甘い感覚が背中を走った。

「んっ……っ」

出入りする指が二本に増やされ、ぐちゅぐちゅと内側を掻きまわされる。

与えられる快楽のせいで、身体中が火照って仕方がない。

両手の拘束は解かれているはずなのに、再び覆いかぶさってきた彼に、苦しいほど深く口内を埋め尽くされても、抵抗するどころか、どうしようもない心地よさを感じてしまっていた。

胸の先から、腹の奥から注がれる甘い刺激が、己の理性を溶かしていく。

快感に酔いしれるように身を預けていた相手が不意に身体を離せば、ぼんやりとした視界に彼の姿が映る。

身体を起こした彼に脚を広げられたと思うと、先程まで指を受け入れていた場所に熱をもったものがあてがわれた。

「……力を抜いたほうがいい」

低く呟かれた声に、反射的に身体が強張る。

押し当てられたモノの質量に腰が引けそうになるものの、彼の手に捉えられている状態では逃げようもない。

心許(こころもと)なさに顔を上げれば、じっとこちらを見つめる彼の瞳と目が合った。

こちらを見下ろす彼の瞳には確かな情欲の光が宿っているように見えて、思わず息を呑む。

力を抜くように言われたのに、これから始まる行為を想像して身を固くしていれば、不意に彼が耳元に唇を寄せた。

「なるべく気が紛れるよう努力する」

耳元で聞こえる吐息交じりの声に、ぞくりと肌が粟立(あわだ)つ。

小さく身を震わせた私の耳の窪(くぼ)みを、彼の舌がなぞった。

「んっ」

「どうか、私を受け入れてほしい」

彼の吐息が、耳をなぞる舌の感触が、ゾクゾクと背中を伝って腹の底に響く。

舌が動くたびに聞こえてくる水音に身体を震わせていれば、蜜口に当てられていた熱棒の切っ先がぐぷりと潜り込んできた。

「ひっ、っ……!?」

みちみちと内側を押し広げるような圧迫感に、思わず声が漏れる。

先程初めて指を受け入れたばかりの場所を、その何倍もの質量のあるものが埋め尽くしている。

彼が腰を押し進めるたびに、ナカの圧迫感は増すばかりだ。

熱くてつらくて苦しいはずなのに、彼のモノが奥に進むのを助けるように、身体の奥からは蜜が零れ出てしまう。

浅い息を繰り返していれば、不意に彼の指先が割れ目をなぞり、蜜に濡れた花芯をぐりりと押し潰した。

「やぁっ！」

強すぎる快感が、身体の内側から一気に駆け昇る。

蜜を纏った指先に花芽を捏ねられると、狂おしいほどの熱が腹の奥で渦巻く。

「ひあっ……っあああっ」

背中を突き抜けるような刺激に思わず上体を反れば、視界が白く弾け、ちかちかと星が飛ぶような感覚を覚えた。

初めての感覚に呆然と瞬いたのも束の間、すぐに激しく突き上げるような律動に身体が揺さぶられ始める。

「あ、やっ！　ぁ、あぁっ」

腰を掴まれ、深く何度も打ち付けられれば、意味のない嬌声ばかりが口の端から漏れる。

持ち上げられた脚を肩にかけ、身体を折りたたむようにのしかかられると、更に奥深くを抉るように貫かれてしまう。

重なり合った状態で唇を重ねられ、ぐちゅぐちゅと卑猥な水音が響く中で身体を揺さぶられれば、他には何も考えられなくなる。

「ふっ、ぁ、やっ」

「くっ……」

苦しげな呻き声が聞こえたと思った瞬間、自分の内側に広がる熱を感じた。

顔を上げれば、こちらを覗き込む薄紫の双眸と目が合う。

肩で息をしながら呆然とした様子の彼に思わず手を伸ばせば、彼はその手に頬をすり寄せるようにして、手のひらに口付けを落とした。

――手のひらへの口付けは『懇願』だったかしら。

そんなことをぼんやりと考えていると、ゆっくりと彼の身体がのしかかってくる。

耳元に聞こえる息遣いや触れ合う肌から伝わってくる熱をなんだかくすぐったく感じていれば、不意に身体を起こした彼が、触れるだけの口付けを落とした。

どこかぼんやりとした様子の彼は、更に額に頬にと順に柔らかな口付けを降らせていく。

あまりにも甘すぎる余韻に全身を硬直させていると、ハッと何かに気付いた様子で、彼は勢いよく上体を起こす。

呆然と目を見開き、何も言わないまま隣に移動すると、こちらに背を向けて横になってしまった。

先程まで、まるで恋人にするように接してくれていた彼が急に離れてしまったことを、少しだけ肌寂しく感じてしまう。

「あの、公爵様」

「……ルーヴェルだ」

背を向けたまま返ってきた言葉に、思わず目を瞬いた。

彼が口にした『ルーヴェル』とは、彼自身の名前だ。

「ルーヴェル、様？」

「……そもそも役職に敬称を付けること自体、おかしな呼び方だったからな。正しい呼び名に訂正しただけだ」

もっともな言い分でありつつも、それが照れ隠しなことは伝わってくる。

女性に名前を呼ばれることを嫌う彼が、名前を呼ぶ許可をくれたということは、大きく一歩前進したと思っていいのだろう。

「お名前を呼ぶ許可をありがとうございます。よろしければ、私のこともクローディアとお呼びください」

これまで「貴様」としか呼ばれたことはないが、名前を呼ぶ許可をもらえたのだし、名実ともに夫婦となったのだから、名前で呼び合うのが適切だろう。

「……クローディア」

「はい」

名前を呼んでもらえた喜びに笑顔で返事をすれば、のそりと身体を動かした彼は、顔だけでこちらを確認すると、再び背を向けて背中を丸めてしまう。

どうしただろうかと彼の様子を眺めていると、ふと小さな呟きが聞こえた。

「……気が向けば、呼ぶことにしよう」

「ふふ、それではルーヴェル様の気が向いてくださるよう精進したいと思います」

私の言葉に照れくさそうに「ふん」と鼻息で返事をした彼は、ゆっくりと身体をこちらに向ける。

向かい合うようになった彼は、その視線を俯けながら口を開いた。

「……先程の話は、私たちにとって非常に建設的なものだったと思う」

一瞬何のことかと目を瞬いた私を見て、彼は苦々しげに言葉を続ける。

「……押し付けられた者同士でも、円満な夫婦関係を目指すという話だ」

それは、行為の前に私が提案した話だった。

押し付けられた者同士の婚姻であろうと円満な夫婦を目指す、それはバッドエンド後の人生を歩むと決めたときに、私が掲げた目標の一つだった。

思わず、ぱっと笑みが零れる。

「ありがとうございます！」

覚悟を示す騎乗位が実行できなかったため、有耶無耶にされてしまったのではないかと思っていたが、私の覚悟はそれなりに伝わっていたらしい。

前向きな返答に胸を躍らせていれば、こちらを向けていた彼はなぜか慌てたように身体を反転させると、その身体にぐるぐるとシーツを巻きつけるようにして小さくなってしまった。

謎の行動を不思議に思っていれば、白い塊から小さな訴えが漏れ聞こえてくる。

「……こちらとしても公爵家の跡取りは必要だからな。別に愛だの恋だのといった感情を求めているわけじゃない。あくまで夫婦として、お互いが納得できる関係を作っていきたいだけだ。貴――クローディアもそう言っていただろう」

「はい、嬉しいです。ルーヴェル様」

貴様と言いかけながらも、ちゃんとこちらの名前を呼んでくださる生真面目さに頬が緩みそうになる。

隣で丸くなっている彼の背中がなんだか可愛らしくて、ふと手を伸ばそうと身体を起こした瞬間、ずきりと股の間に引き攣れるような痛みが走った。

その鈍い痛みに、先程までの出来事を思い出す。

身体を重ねたことを実感させてくれる破瓜の痛みが、辛いながらもなんだか誇らしく感じてしまう。

下腹の奥にはじんじんと沁みるような痛みが残っているものの、初夜という大役を終え、更にこちらの提案にも同意をもらえたことに、心の内は晴れやかだった。

彼に認めてもらえたことが、素直に嬉しい。

真っ赤な薔薇の花弁が彩るベッドの上で、白いシーツに包まってしまった彼の後ろ姿を、頬をほころばせながら見つめてしまうのだった。

三章　新婚生活

「奥様おはようございます！」

「今日も良い天気ですね！」

身支度を整え部屋の外に出れば、あちこちから明るい声がかかる。

「おはようございます。今日も一日よろしくお願いしますね」

笑顔で応えれば、皆も楽しげな様子でそれぞれの仕事へと戻って行った。

嫌われ公爵もといルーヴェル様との婚姻を終え、無事初夜の大役を終えてから早一週間、名実ともに公爵夫人となったにもかかわらず、私の生活は特に変化していない。

自室で朝を迎え、日中は公爵家や領地について学び、夕方の食事をルーヴェル様と共にとったあとは自室に戻って眠りにつく。

変わったのは、使用人たちからの呼び名が『クローディア様』から『奥様』に変わったことくらいだった。

婚姻後はてっきり夫婦同室となるのかと思っていたのだが、初夜の翌日「追って連絡する」と言われたまま早一週間。特に何の声もかからなかったため、これまでどおりの日常を過ごしている。

――円満な夫婦を目指すと約束してくださったのだから、そう焦ることもないわよね？

想い合う者同士の結婚ではないため、新婚だからといって連日夜の営みが必要なわけでもないだろう。

そんなことを考えながら庭園を見渡せる渡り廊下に差し掛かれば、眩しい太陽の下で、庭仕事に精を出す青年たちに目が留まった。

日よけの帽子をかぶっていても肌を伝う汗に、夏の訪れが近いことを感じられる。

「ハウザー公爵領は、一年の半分は高温期だったわね」

「ええ、その通りでございます。高温期が続く期間はなかなか身体に堪えますから、そろそろ熱気対策を始めなければいけない頃なのですが、そういった習慣についても奥様のお生まれになった場所とは随分と違うかもしれませんね」

隣で説明してくれるマチルダに、同意を返す。

私の生まれ育ったラクラス領は、高地のためか暑い時期は比較的涼しく過ごしやすい土地だった。

公爵邸の書庫で見た限り、ハウザー公爵領はその逆らしく、温度が上がりやすく熱がこもりやすい地形とのことで、暑い時期は他領地に避暑に行って過ごしていたという記録も残っていた。

その反面、寒くなれば暖かく過ごしやすいのだから土地柄というのも一長一短だろう。

ふと周囲を見れば、マチルダを始め庭師たちも袖の短い薄地の衣服を身に着けている。

そんな中で私が身に着けている薄黄色のドレスは、そこまで生地は厚くないものの、腕の先から爪先までを広く覆うデザインだった。

生まれ育った伯爵家から持参した衣装のほとんどは、その土地の気候に合わせ、袖が長く広範囲に身体を覆うものばかりだ。

今後を考えれば、薄地の衣装も何着かあったほうがいいかもしれない。

「……もし衣装の新調しようとした場合、ハウザー公爵家が懇意にしている仕立屋はいるかしら？」

私の質問に、マチルダはその目を輝かせる。

「ええ！　もちろん、おりますとも。ぜひっ！　ぜひぜひお坊ちゃんにご相談ください！」

食い入るように身を乗り出したマチルダの勢いに、思わず上体を反らした。

結婚したばかりの私が衣装を仕立てたいと言えば、公爵家の資産にかこつけて散財を目論む悪女のように思われないだろうかと思っていたのだが、マチルダの反応を見る限り杞憂だったらしい。

瞳をキラキラと輝かせている彼女は、よほどルーヴェル様に相談してほしいように見えた。

「ええと……確かに、ドレスを仕立てるならルーヴェル様に相談するのが筋よね」

「はい！」

公爵夫人として衣装を仕立てるのならば、それなりのものにしなければならないし、そうすると相応の金額が必要になる。

大きな出費が予想されることを考えれば、公爵家当主に伺いを立てないわけにもいかないだろう。

「本格的な暑さを迎える前に、奥様にはぜひ衣装を仕立てていただきたいと思っていたのです！　我が領地には腕のいい職人がおりますし、きっと奥様の気に入るドレスが仕上がるはずです。さあさあ、早速伺い立てにまいりましょう。今日は邸内でのお仕事だと伺っておりますし、恐らく執務室にいらっしゃるかと――」

「コホン！」

大きな咳ばらいが、マチルダの言葉を遮る。

咳払いの聞こえた方向を振り向けば、見覚えのある人物がこちらに向かって歩いているところだった。

後ろにバートを従えた彼は、マチルダの言っていた通り今日は邸内の公務らしく、白いシャツに暗色の下衣とシンプルな出で立ちである。

そんな簡素な装いながらも、庭園を抜ける風に銀色の前髪がふわりと舞うと、まるで映画のワンシーンのように見えるのだから、美形は得である。

こちらに近付いてくる立ち姿に感心していれば、いつの間にか近くに立っていた彼に、慌てて淑女の礼をとる。

「おはようございます、ルーヴェル様」

昨日の夕食以来に顔を合わせたルーヴェル様は、相変わらず眩いばかりの容姿の整いようだ。

挨拶を告げてにこりと微笑みかける私を見て、彼はなぜかうっと呻き声を漏らした。

「……おはよう。いい天気だな」

硬い表情で口籠もるようにしゃべる彼の様子からは、とても「いい天気」と感じているようには思えない。

しかし、以前好きな天気を尋ねたときに晴れの日を好むと言っていたから、嘘をついているわけではないのだろう。

きょろきょろと視線を彷徨わせながら、「あー」「その」と、もごもごと何かを口にしようとしている彼は、どうやら話題を探してくれているらしい。

初夜で約束した通り、彼も私と円満な関係を築くために努力をしてくれていることを実感してしまう。

「ええ、晴れやかないい天気ですね。先程マチルダから、ハウザー公爵領はこれから暑くなるので熱気対策が必要と伺いました」

領地の気候についての話題を耳にした彼は、パッと顔色を明るくしてわかりやすく安堵を見せる。思うに、彼にとって他愛(たあい)もない話よりは、実務的な会話のほうが話しやすいのかもしれない。

「あ、ああ。その通りだ。日を追うにつれて気温は高くなるし、陽が昇るのも早くなる。近年は避暑地に行く時間の余裕もないから、この邸で過ごすための熱気対策を早めにしておいたほうがいいだろう」

「そうなのですね」

彼の言葉に、先程のマチルダとの会話を思い出す。

私の持参したドレスはハウザー公爵領で過ごすには向いていないようだし、熱気対策の一つとして、ドレスを仕立てることを打診してみてもいいかもしれない。

「今ちょうどマチルダと話をしていたのですが、もし御許可をいただければ、ハウザー公爵領の気候に合わせた衣装を仕立ててもよろしいでしょうか？　このドレスも気に入っているのですが、どうも生地が厚くこちらの気候に適さないようでして」

身に着けていた薄黄色のドレスの裾を摘まめば、重ねられた生地がふわりと膨らむ。

伯爵家から持参したこのドレスは、淡い黄色の生地に控えめなレースがあしらわれており、持参した衣装の中では比較的薄手で着やすいものだった。

このふんわりとしたシルエットは貴族令嬢らしくていいと思うが、これから暑くなるというハウザー公爵領で、これ以上着続けるのは難しくなってくるだろう。

「……そのドレスが気に入っているのか」

「え？」

ぽつりと呟かれたルーヴェル様の言葉を、つい聞き返してしまう。

なんだか沈んだように聞こえた相手の声に、小さく首を捻（ひね）った。

――気に入っているかと問われれば気に入っているけれど、どうしてそんなことを気にされるのかしら。

視線を落として自分のドレスを確認してみるものの、彼が気にするような要素はみつからない。

「特にこのドレスにこだわっているつもりはないのですが、何かおかしかったでしょうか?」

「……いや、おかしくはない」

「でもなんだか、浮かない様子に見えますが」

私の質問に彼は言葉を詰まらせ、はくと口を動かすと、ばつが悪そうに顔を背けてしまった。

目に見えて言いたいことを呑みこんだ彼は、言葉を選ぶようにゆっくりと口を開く。

「……別にそんなことはない。落ち込んでなどいないし、ただでさえ気温が上がってきているというのに、その太陽のような色のドレスは領地にそぐわないと思っただけだ」

「なるほど」

彼の言葉を受けて、確かにそうだと頷き返す。

前世だって夏は涼しげな色を選びがちだったし、寒い時期には暖色系のものを手に取りがちだった。

このドレスの色が、一年の半分が高温期の領地を持つハウザー公爵夫人として、相応しくないと言われれば納得がいく。

「確かにルーヴェル様のおっしゃるとおりですね。もっと涼しげな色のドレスを選ぶべきでした」

「ああ、そうだな。理解を示してくれてありがたい。……その、なんだ。他の色のドレスは持っていないのか? その、もっとさっぱりしたような、涼しげな色の――」

もごもごと口の中に呑みこまれていく語尾を耳にしながら、持ってきたドレスたちを思い浮かべるものの、思い浮かぶのは黄色・薄桃色・橙色となぜか暖色系のものばかりだ。

どうしてこれほど似たり寄ったりの色を揃えてしまったのかと思いながらも、自分で選んでしまっていたのだから仕方がない。

「うーん、思い出せる範囲では黄色や桃色の暖色系のものばかりですね」

「……まあ、そうだろうな」

「え？」

「なんでもない」

私の問いかけをバッサリと切り捨てた彼は、深い溜め息を吐くとこちらに向けてひらりと片手を振った。

「近日中に邸に仕立屋を呼ぶことにする。日時が決まったら連絡をするから、予定を開けておくように。そこでハウザー公爵夫人として相応しいドレスを何着か仕立てるといい」

業務連絡かのように淡々と告げられたその言葉に、つい口を開けてしまう。

ドレスを仕立てるだけでも相応の費用が掛かるが、公爵夫人が身分相応のものを仕立てるとなると相場は一気に跳ね上がる。

私のために新しいドレスを仕立ててくださるという彼の厚意に、改めて礼をとった。

「ルーヴェル様、ありがとうございます。なんとお礼を申し上げたらいいか」

「貴様は私の妻という立場だろう。夫が妻にドレスを贈ることはなんら不思議なことはないのだから、そのように畏まらなくていい。これからだってそういった機会が増えるのだから、当たり前のように受け取ればいいんだ」

つっけんどんな態度ながらも、それが照れ隠しなのだ知ってしまえば、微笑ましいものだ。相変わらずこちらから顔を背けたままのルーヴェル様は、本日何度目かわからない深い溜め息を溢した。

彼に感謝を示すべく、私は深々と頭を下げる。

「そうは言っても嬉しいことには変わりありませんから。ルーヴェル様のご厚意に感謝いたします」

顔を上げて微笑みかけると、目が合った彼は何かを呑みこむようにぐっと唇を噛んだ。

「……別に、円満な夫婦関係ならドレスの贈り物くらい当たり前だろう。この際、普段使いできるものから今後の外出用も考えて四、五着は仕立てておくように。何度も仕立屋を呼びたてるわけにもいかないからな。……他領地出身の者の中には、慣れない暑さが身体に堪えると言う者もいる。新しいドレスが仕上がったら、その後は持参したものではなく仕立てたものを着用するように」

「お気遣いありがとうございます。それではドレスが仕上がりましたら、今後はそちらを優先的に着用させていただきますね」

私の体調まで気遣ってくれる彼の優しさに、思わず笑みが零れる。

「なるべく早いほうがいいだろう。明日こちらに来るよう仕立屋には伝えておく。時間はわかり次第、追って連絡する」

「はい、お待ちしております」

そう告げながら微笑みかければ、目があった途端ふいっと顔を逸らされてしまった。

仏頂面を被りながらも、なんだかんだ優しい部分が隠し切れていないところが彼の良いところだと思う。

「ありがとうございます」

「……なんのお礼だ」

「ドレスもですが、ルーヴェル様の日頃の行いに対するお礼、ですかね？」

「は、意味が分からん」

そう口にした彼は、その顔をくしゃりと歪ませる。

――あ、笑った。

困ったように眉根を寄せながら、口元を緩ませた彼の柔らかい表情があまりにも眩しくて、思わず目を細めてしまう。

普段気難しい表情ばかり浮かべていた彼がそんなふうに笑う姿を見れば、心の奥がじんわりと熱を持つのだった。

＊・＊・＊

「はじめまして、奥様。アースラグ商会から来ましたギルと申します」

応接室の向かいに座った青年は、にこりと人懐っこい笑みを浮かべる。

白いシャツの首元にはクラバットが巻かれ、サスペンダーでスラックスをきっちりと止められた彼は、丁寧な礼を取る。

公爵家に出入りするとあって、身なりの整った相手がその薄茶色の髪を掻き上げれば、すっと通った鼻筋に優しげに細められた翠の瞳と、なんとも女性が好みそうな顔立ちが覗く。

大抵の貴族女性が振り返るだろう顔立ちだが、公爵家に来て毎日のように顔の良い男性たちを目にしていたせいか、その容姿に動揺することはなかった。

顔面国宝的なルーヴェル様と毎日顔を合わせているために目が慣れて、ある意味抗体のようなものができているのかもしれない。

「はじめまして、クローディアと申します」

「ご丁寧にありがとうございます。クローディア様、どうぞ衣装については全て私にお任せいただければ幸いです。デザインから仕立てまで一貫して請け負わせていただきますので、何なりとお申し付けください」

そう語る彼は、優雅にその目を伏せた。

「……それで、私は奥様と二人での打ち合わせだと伺っていたのですが」

その言葉に、青年と私の視線が同じ場所に向かう。

私たちの視線の先には、公務の途中だったのか美しい銀髪をきっちり整え、黒地に銀の刺繍の入ったベストを身に着けたルーヴェル様が両手を組んで座り込んでいた。

「……なんだ、私がいると問題があるのか」

不機嫌を隠そうともしないむすっとしたルーヴェル様の態度を前に、ギル様はひらひらとその手を振って見せる。

「問題なんてとんでもない。ただ、せっかく奥様の本音を聞き出せる機会だったのに残念だなぁとは思っていますが」

「衣装の仕立てを依頼したのは私なのだから、同席の義務があるだろう。それに、新婚早々自分の妻と独身男を二人きりにするのは、夫として軽率な行動だと思うが？」

「はは、そりゃごもっとも」

公爵と平民という身分差がありながらも、徐々に口調の砕けていくギル様を見れば、確かに彼らは親しい仲なのだろう。

二人のやりとりを眺めていれば、向かいに座るギル様があっと声を上げた。

「ああ、奥様、驚かせてしまっていたらすみません。私たちは長い付き合いですが、おかしな関係ではありませんので。たまに酒を酌み交わしますが、同じ布団で眠ったのは一度きりです」

「おい、誤解を招くような言い方をするな」

一瞬前世の知識にあった男同士の耽美（たんび）な姿を想像してしまったが、ルーヴェル様に頭を叩かれたギル様が盛大に笑い声をあげている姿を見れば、どうやらからかわれていただけらしい。

「あはは、もちろん冗談です。昔、下町の酒場で呑み比（の）べ（くら）を吹っかけた私が、逆に酔いつぶされましてて。彼は動けなくなった私をご丁寧に宿まで送ってくれたんですよ。負けたほうが奢（おご）ると約束していたので、代金を徴収するために律儀に朝まで介抱してもらっただけですから」

下町の酒場の代金を支払うくらい造作もないだろうが、手間よりも約束を守ってもらうことを優先するあたり、彼の真面目さが滲み出てしまっている。

「ふふ、それはルーヴェル様らしいですね」

「そうでしょう、そうでしょう」

「……おい、本人の目の前で噂話をするな」

「あはは、いいじゃないか。奥様だって、きっと知りたがってるよ」

ギル様の言葉にうっと言葉に詰まらせたルーヴェル様は、ちらりとこちらに視線を向けた。

探るような視線に笑顔を返せば、ふいっと顔を背けた彼は深く椅子に座り直すと大人しくなってしまう。

言葉は返ってこなかったが、これは話を続けてよいということだろう。

「彼とは、そのときからの付き合いなんです。公爵なんて高貴な身分なくせに平民に混じって酒を飲んじゃうような奴ですから、他領地からきた私みたいなやつにまでうっかり懐かれちゃうんですよね。こんな人形みたいな面してるのに、なんだかんだ情に厚いし人が良すぎるんで、変な奴に付け込まれないか心配で心配で」

「……おい、途中から馬鹿にされている気がするが」

「してないしてない。褒めてるって」

鋭い視線で睨み付けてもからからと笑っているギル様に、ルーヴェル様はこれ見よがしに深い溜め息を吐く。

「全く減らず口を……今日はドレスの仕立ての件で呼んだんだぞ。仕事をしろ、仕事を」

「ああ、そうでしたそうでした。ついつい話しすぎてしまうのは私の悪い癖でして、奥様どうか平にご容赦くださいませ」

にこりと笑顔を浮かべた彼は、鞄から紙の束を取り出すと一枚一枚テーブルの上に広げていく。

「さて、早速ですが、どうぞこちらをご覧ください」

丁寧に並べられているのは、全てドレスのデザイン画のようだった。

「どうぞ、お手にとってご覧ください。急なお話だったので簡易的なものですが、奥様の好みを確認するためにも様々なパターンを用意してみました」

彼の言葉に、数十枚近くある中から一枚を手に取ると、ちらりと相手に視線を向ける。

「なにか?」

「いえ」

笑顔を向けられ、慌てて視線を落とした先には、斜めのドレープが印象的な華やかなドレスのデザイン画が描かれていた。

公爵家御用達の仕立屋だと言われて応接間に姿を現した彼の姿を見たとき、デザイナーではなく外商担当の方がきたのだろうと考えていた。

しかし、先程の彼の発言を聞き、実際デザイン画に彼のサインが入っているのを見れば、やはり彼自身がデザイナーだったらしい。

雰囲気や態度は柔和ではあるものの、しっかりと上背のある成人男性である彼が、貴族女性のドレスのデザインをしていることに少なからず驚いてしまう。

「……安心しろ。ギルはこんな性格をしているが腕はいい。過去には王都で幅を利かせていた大店に勤めていたこともある」

私の動揺が伝わったのか、隣に座るルーヴェル様が静かに呟いた。

「あはは、思い出したくない過去だけどね」

そう言葉を返しながら、ギル様は苦笑いを浮かべる。

ルーヴェル様の言葉を受けてもう一度デザイン画に視線を落とせば、確かに王都で有名だった、とある仕立屋のドレスの雰囲気があった。

「あー……あの、奥様？」

その言葉にハッと顔を上げる。

「もし男がデザイナーだということが気になるようであれば、別の者を連れてくることもできますけど……」

視線を上げた先には、困ったように微笑むギル様が、頬を掻きながらこちらを見つめていた。

そんな顔をさせてしまったことが申し訳なくて、慌てて手を振って否定する。

「いえ、驚いてしまってごめんなさい。意外だと感じたのは事実なのですが、ドレスを仕立てるのに必要なのは流行を押さえたデザインと磨かれた技術だと思っていますし、性別は関係ありませんから。担当を変えていただく必要はありませんので、どうぞご安心ください」

大丈夫です、と力強く拳を握ってみせる。

前世では服飾関係の知識には疎かったが、有名なデザイナーには男性だっていた気がする。世界は違えど、今世にも男性のデザイナーがいたという、ただそれだけのことだろう。

そう整理を付けて顔を上げれば、そこにはその目を大きく見開いたギル様がこちらを見つめていた。

「あの……?」

「あっいいえ、違うんです！　ちょっとびっくり……いや、ほんとちょっとそんなふうに言ってもらえるなんて想像してなかったと言いますか、その――」

「……ギル」

「ちょっやめて、威圧するのやめて！」

隣から地を這(は)うような低い声が聞こえたと思ったら、ギル様は笑顔のまま焦ったような声を上げる。

「さすがルーヴェルが選んだ相手だって思っただけだって。他意はないんだよ、本当に！」

「……チッ」

二人の応酬に置いてけぼりを食らっている状態だが、好意的に受け止めてもらえていることはなんとなく伝わってくる。

ルーヴェル様の舌打ちによって二人の会話は終わってしまったものの、ギル様が口にした「ルーヴェルが選んだ相手」という言葉がじんわりと心の奥に響いていた。

実際は、王家の命で無理やり私という厄介者を押し付けられただけなのだが、ルーヴェル様と親しい仲にあるギル様にそんなふうに受け止めてもらえていたこと、そしてそれが彼の迷惑になっていないことに嬉しくなってくる。

内心浮かれながらも、胸中を悟られまいと小さく咳払いをすると、改めて別のデザイン画も手に取った。

「よろしければ、そちらのデザインも見させていただいてもよろしいでしょうか？」

「ええ、もちろん！　全て今日のために描いてきましたから」

にこやかな返答と共に、何枚かのデザイン画を纏めて手渡される。

一枚一枚目を通していけば、どれもハウザー公爵領の気候が考慮されつつも、薄布やドレープの形を変えることによって美しく華やかに見えるように工夫されているようだった。

以前、王家御用達の仕立屋にお世話になったことがあったが、そのときと同等――あるいはそれ以上のものばかりなことに、思わず質問が口を突いて出る。

「失礼ですが、ギル様はどうしてこちらに？」

「どうして、と言いますと？」

「その……これほどの技術をお持ちであれば、王都の大きな仕立屋でも人気を得られたのではないかと思いまして」

「あー……」

私の質問に、ギル様は「ええと」と続けながら、天を見上げる。

しばらく考え込んでいた彼は、不意にこちらに顔を向けると真面目な顔で口を開いた。

「……突然の質問で申し訳ないのですが、奥様は邸の中に気になる男性はいませんか？」

「はい？」

突拍子もない質問に思わず聞き返せば、隣に座る夫から、飲みかけのお茶を吹きだしかけたような音が聞こえきた。

ちらりと隣に視線を向ければ、動揺を誤魔化すように口元を拭く彼の姿がある。

邸の中に気になる男性がいるかと聞かれれば、当然夫であるルーヴェル様のことを指すのだろう。

一体何のための質問なのかと混乱していれば、こちら戸惑いに気付いたらしいギル様から「ああ、違いますよ」と声がかけられた。

正面に座る彼に怪訝な視線を向ければ、困ったような笑顔を返される。

「ルーヴェル以外でって話です。例えば好みの顔で、唾をつけておきたい使用人はいるのかなと思いまして」

彼の言葉に、ようやく質問の意図に気付いた。

つまり彼は、私が公爵邸内で浮気相手の目星をつけているのかどうかを尋ねているのだ。

この国の貴族女性がそういう面に奔放であることは知ってはいたものの、自分も同様だと思われてしまうのは、正直あまり気持ちの良いことではない。

「私は、夫以外にそういった対象を作るつもりはありませんわ」

はっきりと告げた私の答えに、ギル様は嬉しそうにその目を細めた。

「やっぱり、奥様は違うんですね」

彼はそう口にしながら、安堵の笑みを浮かべる。

「私は一体、誰と比べられていたのかしら？」

「特定の誰というわけではないのですが、強いて言うなら『王都の貴族女性たち』ですかね」

そう答えた彼は、ゆっくりと視線を落とした。

「私は以前王都の商会に勤めていまして、あちらでも多少は名の売れたデザイナーでした。ただほんの些細なきっかけから取引先のとある貴族女性に目を付けられまして。初めはうまくかわしていたつもりだったのですが、執拗に身体の関係を迫られたり他の取引先への訪問を妨害されたりと徐々に追いつめられて業務に支障をきたすようになってしまいまして……伝手を辿って、ここハウザー公爵領に移り住んだんです」

語られた話の内容に、彼にかける言葉が見つからない。

先程、私に投げかけられた質問は、彼の経験から生まれたものだったのだろう。

近年我が国の貴族女性の中では、夫以外の男性に想いを馳せ声をかけることをステータスとする認識が根付いてしまっている。

　ギル様の経験談は、男女逆ではあるが前世の浮気話を彷彿とさせるようで胸が痛くなった。

　黙り込んでしまった私を見てどう思ったのか、つらい過去に沈んでいた彼は、その顔に苦笑を浮かべる。

「ルーヴェルには感謝してるんです。こうやってまた、別の場所でも好きな仕事を続けさせてもらってますから。ハウザー公爵領には、俺みたいな人間が多く集まってるんですよ。皆事情はそれぞれ違いますが、皆ルーヴェルを頼りにしています」

　そう言いながらギル様がルーヴェル様に笑顔を向ければ、微笑みかけられた本人は照れくさいのか、居心地が悪そうに顔を顰めるとふいっと顔を背けてしまった。

　聖母教を笠（かさ）に着て、権利を振り翳している貴族女性は昨今増加傾向にあるという。

　その分、彼女たちから被害を受けた男性は、ギル様をはじめ少なからず存在するのだろう。

　ルーヴェル様は、そういった我が国の偏った性差によって居場所を追われた人々を受け入れ、ハウザー公爵領に居場所を提供しているのかもしれない。

　ルーヴェル様は聖母教の教えに疑問を持っていると聞いていたが、反発するだけでなく、聖母教のせいで傷ついた人々を救う活動をしていたという行動力に背筋が伸びる。

　私も彼の妻として、恥じることのない存在でありたい。

「ギル様」

「はい？」

驚いたように瞬いた彼に向かって、深々と頭を下げた。

「不快な思いをさせてしまったこと、同じ貴族女性としてお詫び申し上げます」

「え……えっ⁉」

「更には私の配慮の至らなさから、つらい記憶を思い出させてしまったこと、誠に申し訳ございませんでした」

「いえ、そんな！　もう終わったことですし、私はなんだかんだここでの生活が気に入っていますから！　気の良い仲間と好きな仕事ができて、自分たちのために動いてくれる偉い奴――ルーヴェルがいるっていうこの環境が、本当にありがたいことなんだと思ってます。だから、どうか頭を上げてください！」

彼の言葉に、ゆっくりと顔を上げる。

視線を向けた先には、はにかむように頬を掻くギル様がいた。

「ルーヴェルの奥様に、頭を下げさせるわけにはいきませんから」

「……ありがとうございます」

「ええと、お礼ならルーヴェルに」

彼の指し示すほうへ視線を向ければ、あからさまに嫌そうな渋面を作ったルーヴェル様がギル様を睨みつける。

「おい、私を巻き込むな」

地を這うような低い声音に対し、ギル様は肩を竦めて嘆息した。

「巻き込むなって、そもそも私を助けたのはルーヴェルだろう？　奥様は貴族女性を代表して謝ってくれてる。つまり、貴族女性に迷惑を被った私を救ったルーヴェルは、奥様を救ったも同然ってことじゃないか」

「はあ？　待て、意味が分からんぞ」

ギル様の言葉に呆れたような声を上げたルーヴェル様を見て、つい笑みが零れてしまう。

なんだかんだ、こうしてギル様と和やかな会話ができているのも、この場にルーヴェル様がいてくれたからだろう。

「ふふ、ルーヴェル様ありがとうございます」

「うっ……まあ、そういうことにしておく」

御礼を伝えれば、ルーヴェル様は慌てたようにこちらから顔を逸らすと、組んだ脚の上に頬杖(ほおづえ)をついて口元を押さえてしまった。

「まあそんなこんなで、私はここで新たに仕立ての仕事をさせてもらってます。今回は大口と聞いて気合いを入れたデザイン画なのでぜひご覧いただきたいです。こちらのデザインなんて、奥様にすごくお似合いだと思いますが、いかがですか？」

明るい口調でそう語るギル様は、三十枚近くあるデザイン画からいくつかをピックアップして手渡してくれる。

「お好きなものをいくつか選んでみてください。ここからまた奥様専用のデザインを起こしてきます」

「この中から仕立てるのではなく、その上、デザインし直してくださるのですか？」

「ええ、今回はデザインにも監修が入る予定なので」

そう言った彼は、ちらりとその視線をルーヴェル様に向けた。

視線を感じたらしい彼は、わざとらしい咳ばらいをしたものの、相変わらず明後日の方向を見つめている。

その行動から察するに、ギル様の言う監修はルーヴェル様がするらしい。

確かにハウザー公爵領に生まれ育った彼に監修してもらえば、公爵夫人のドレスとして間違いないものになるだろうし、熱気対策としてもまず問題のないドレスに仕上がるだろう。

そんなことを考えていれば、ふいにギル様に小さく手招きをされた。

動きにつられて顔を寄せれば、小さな囁きが耳に届く。

「ご存じだと思いますが、アレ、完全に照れてますからね」

彼の言葉に、零れそうになる笑い声を呑みこみながら小さく頷く。

「なんとなくは察しているつもりです」

「あはは、それなら良かった」

長年の付き合いのあるギル様ほどにルーヴェル様を理解しているだなどと思い上がっているつもり

はないが、少なくとも前世の記憶で『ツンデレ』の知識があるぶん、今世の貴族女性の中では彼の行動に理解を示しやすいほうだとは自負している。

そんなことを考えていれば、突然目の前にいたギル様が後ろに飛んだ。

実際は、立ち上がったルーヴェル様に頭を小突かれたギル様が後ろの椅子に倒れ込んだ状態なのだが、目の前にいた人物が突然視界から姿が消えてしまった状態に、ただただ唖然と口を開けてしまう。

「顔が近い。……余計なことを吹き込まれてないだろうな」

久々に睨みのきいた視線を向けられながらも、先程までのギル様とのやりとりから、やはりこの鋭い視線も照れ隠しの一部ではないかと感じてしまう。

「余計なことではなかったかと」

「そうそう、ルーヴェルは案外わかりやすいって話してただけだって」

「それを余計なことと言うのだ。さっさと仕事を続けろ。仕事を」

何かを追い払うように片手を振ると、彼は腕を組んで先程よりも深く顔を俯けてしまった。

はいはいと気のない返事を口にしたギル様から、今回のデザイン画について一通りの説明を受ける。

いくつか気に入ったものを選んだところで、その中から後日正式なデザイン画を持ってくるという話に落ち着いた。

テーブルに広げられたデザイン画の束を片付け始めた彼を見て、ふとした疑問がよぎる。

「あの、採寸はしなくていいのかしら?」

「おい！」

「ブフッ！」

私の言葉、横から声が上がり正面から激しく噴きだしたような音が聞こえてきた。

「採寸はマチルダに任せてある！」

「すみません、私も命が惜しいもので」

今日一番の大声で叫んだルーヴェル様は、頭が痛そうに眉根を押さえているし、ギル様は申し訳なさそうな声を出しながらも口元を押さえて肩を震わせている。

居たたまれない空気の中、自分が失言をしたことだけは察しがついた。

「ええと、以前は大体デザインと併せて採寸をしてもらっていたものですから……失礼しました」

考えてみれば、これまではデザイナーが女性だったから採寸も同時にすませていたのだろう。

採寸を男性に任せるという破廉恥極まりない自分の発言を反省していれば、笑い声交じりの声で近々完成したデザイン画を持ってお伺いしますと告げた彼は、資料を鞄に詰めると拝礼をして扉へと向かっていった。

嵐のように去って行く青年を見送っていると、隣から「やっと帰ったか」と低い呟きが聞こえてくる。

「楽しい方でしたね」

「喧(やかま)しいだけだ。ただ、奴の仕立ての腕は間違いないから、安心していい」

そう呟くルーヴェル様の声には、ギル様に対する確かな信頼が感じられた。

なんだかんだ言いながらも、信頼関係で結ばれている彼らの関係が少しだけ羨ましく感じてしまう。

――私も、彼の妻として信頼を得ることができるかしら。

そのためには、やはり公爵夫人として役に立てるよう、知識を得ることから始めなければと心を新たにするのだった。


「これは一体……」

部屋に並べられた六点ものドレスを前に、ただただ目を瞬かせる。

最終のデザインの確認を終えた後、ドレスが納品されたのは僅か二週間後のことだった。

ドレスの製作者であるギル様は、残りの分はまた後日納品に来ると言って、ルーヴェル様の執務室へと向かって行ってしまった。

たった二週間で六点もの新規デザインのドレスを仕立てたことも驚きだが、その丁寧な仕立てや繊細で華やかな意匠に目を奪われてしまう。

想像以上の仕立ての良さに魅入りながらも、それ以上に驚かされたのは、並んでいるドレスが全て銀色・薄水色・薄紫色で色が統一されていることだった。

寒色系だろうとは思っていたが、この色合いにはどうも見覚えがある。

光沢のある白地に水色の差し色の入ったドレスは眩い銀髪を連想させ、朝焼けのような薄紫のドレスは切れ長の薄紫色の瞳を連想させられる。

——これってつまり、そういうことよね……？

自惚(うぬぼ)れではないだろうと思いつつも、声に出せないでいれば、隣からマチルダの嬉しそうな声が上がった。

「ふふ、わかりやすいほどに坊ちゃまの色ですね」

彼女の口から零れた上機嫌呟きに、思わずカッと頬が熱くなる。

我が国には、想う相手の色を纏う習慣がある。

そして自分の色を相手に贈るという行為には、愛を乞うという意味を持つのだった。

＊・＊・＊

新しいドレスが届いたその日、お礼を告げに彼の執務室へと出向いたものの、感謝の言葉を告げた私に返ってきたのは短い返事のみだった。

そのそっけない態度から、もしかしたらドレスの色に深い意味はなかったのだろうかと思いつつ、お忙しい執務中にお邪魔するのもと踵を返そうとすると、名前を呼ばれて振り返る。

振り返った先の彼は、僅かに身じろきながらも視線を逸らして小さく呟いた。

「……悪くない。似合っている」

率直な褒め言葉に、じわじわと頬が熱くなっていく。

火照る顔を押さえながら、口早にお礼を告げると深く頭を下げた。

そのまま、慌てるように部屋を出てしまったが、彼からの褒め言葉に浮かれていて、自室までの道のりがどうにもふわふわとしてしまっていた。

初夜を迎えたあの日以来、なんだかんだルーヴェル様の態度が柔らかくなっているのは間違いない。

あれ以来、身体の関係はないものの、ドレスを仕立ててくださったり、夕食の際に向こうから声をかけてくださったりと、分かりやすく円満な夫婦を目指すための努力を示してくれていることを実感していた。

ギル様との話を聞いて改めて感じたが、ルーヴェル様は公務から下町との折衝までそのほとんどを彼一人でこなしており、非常に多忙である。

そんな中、私にまで心を配ってくださっていることに、申し訳なく思いながらも感謝せずにはいられなかった。

少しでもそんな彼の力になれればと、公爵夫人としてお役にたてるよう、ここ最近は邸の采配や公爵領の運営についての勉強にも力を入れている。

今朝もいつものように朝の支度を調え、午前中は書庫で過ごすとマチルダに告げて自室を出たところだった。

公爵邸での生活にもようやく慣れ、一人で行動することも多くなっている。

書庫の前に立ち、重い扉をゆっくりと開けば、珍しい先客の姿があった。

窓側の席に腰を下ろし、脚を組んで静かに本を開いている姿は、窓から差し込む陽の光を後光として背負っているようにも見える。

扉の開く音に気付いたのか、手元の本を読んでいた彼の薄紫の瞳がこちらに向けられた。

「ルーヴェル様、おはようございます」

笑顔で挨拶を告げれば、短く「ああ、おはよう」と言葉が返ってくる。

この挨拶のやり取りだって、初対面に比べれば大きく変化したことの一つだ。

初めの頃はつっけんどんな態度ばかりだった彼も、最近は随分と落ち着いた態度で接してくれることが増えてきており、少しずつ心を開いてくれているのが伝わってくる。

周囲を見回してみれば、いつも側にいるはずのバートの姿はなく、彼にしては珍しく一人で行動しているようだった。

「バートが一緒にいないなんて珍しいですね」

小さく肩を竦めた彼は、手元の本をぱたんと閉じると目頭を押さえて、溜め息を吐いた。

「バートはいちいち口うるさい。たまには一人の時間も欲しくなる」

「ああ、なるほど。なんとなくわかります」

ルーヴェル様の言葉に、つい深く頷いてしまう。

公爵邸に訪れた初日に私を出迎えてくれたバートだが、基本的にルーヴェル様の側を離れることはない。

昔馴染みとは聞いていたが、思ったこともはっきりと進言できる関係性のようだし、小言を言われる立場としては四六時中一緒にいては息が詰まってしまうこともあるのだろう。

前世で一人時間を満喫していた記憶のある私としては、一人の時間が欲しいというルーヴェル様の主張に、心の底から共感を覚えてしまう。

「バートは過保護というか、ルーヴェル様が大好きなことが伝わってきます。ルーヴェル様を弟みたいに思ってそうですし、色々おせっかいを焼くタイプかなと思っちゃいます」

そもそもこの邸の使用人一同がそんな感じではあるのだが、殊更彼の側にいるバートは、ルーヴェル様に対して発言できる位置にいるので、ついつい口が出てしまうように見えた。

そういえば公爵家に来たばかりの頃、バートの指示に従ったらしいルーヴェル様が、前世でいうツンデレ発言をしたことを思い出してつい口端が緩む。

「……バートは私と同い年だぞ」

彼の呟きに、思わず目を瞬いた。

「そうなんですか？　てっきりバートのほうが、もう少し上だと思っていました」

「貴族学園での同級生だ」

「そうだったんですね、意外です」

初対面から現在に至るまで、ルーヴェル様のことで一喜一憂百面相をしているバートを見ていれば、兄もしくは保護者的立場で見守っているのかと思っていた。

「……それは、バートのほうが頼(たよ)り甲斐(がい)があるということか？」

彼の質問に、首を傾げそうになる。

「いえ、なんだか苦労をしていそうな感じがするからですが」

私の返答に拍子抜けしたようにきょとんとした顔を浮かべた彼は、短く「そうか」と呟くと、口元を押さえてふいっと顔を背けてしまった。

本を片手に座っているだけなのに、その姿がなぜか様になっていて絵画でも見ているかのような気持ちになってしまうのは、彼の容姿が整い過ぎているからなのだろう。

「……それで、貴様はここに何をしに来たんだ？」

彼の問いに、本来の目的を思い出してあっと声を上げる。

「公爵領のことを学びたくて本を読みに来ました。まだまだ知らないことも多いですし、大体の資料は書庫に置いてあると聞いたので」

「ふん、書物ばかりで頭でっかちにならないことだな。実際に己の目で確かめなければ、わからないことも多い」

「そうですね。基礎知識を得た後は、ルーヴェル様が視察などをされる際に同行させていただければ嬉しいです」

「……まあ、いずれ検討しよう」

彼の言葉に目礼を返せば、ふと視界に今日着ているドレスが映った。

淡い菫色のドレスは、身体を覆う生地を最小限の面積に留め、レース部分を増やして通気性を良くしてあり、肩口や裾にかけて重ねられた薄地のフリルのおかげで華やかながらも涼しく着ることのできる素晴らしいデザインだった。

なによりその色味が、ルーヴェル様の瞳の色を彷彿とさせることが、くすぐったくも晴れやかな気持ちにさせてくれる。

「ルーヴェル様、改めてになりますが、素敵なドレスをありがとうございます。とても涼しくて過ごしやすいです」

裾を広げて淑女の礼をとる。

ルーヴェル様の瞳の色をしたドレスを身に着けた私を一瞥した彼は、その長い足を組み替えると手にしていた本を再び開いた。

「……夫が妻にドレスを贈るのは当たり前のことだろう。当然のことをしたまでだ。私たちは、円満な夫婦として、互いを尊重し合う約束をしているのだからな」

「はい、心得ております」

初夜の際に交わした会話を忘れたことはない。

静かに頭を下げれば、ふと気になっていたことが頭をよぎった。

――円満な夫婦とおっしゃるけれど、あれ以来、夜のお誘いはないのよね。

初夜を終えて既に四週間近く経つが、私達に身体の関係はないし寝室も別々だ。

個人的に今の状況に不満があるわけではないが、初夜以来一度も夜の誘いが無いとなると、違った意味で気がかりになってくる。

——あの日、何か粗相をしてしまったかしら。

一抹の不安に記憶を遡ってみても、特に思い当たる節もない。

しばらくの時間が経ってしまったことで今更初夜に粗相がなかったかなどと尋ねることもできず、この一ヶ月近く、夜の営みどころか手を触れるような細やかな接触すらない状態のまま、悶々とした日々が続いていた。

「今日は一体、何の資料を探しにきたんだ？」

彼の質問に、はっと現実に引き戻される。

私が閨事に意識を向けている間に、彼は既に手元の資料に視線を戻していた。

浮かれた思考を反省しながら、姿勢を正す。

「公爵領の作物について、もう少し詳しい書物を読むことができればと資料を探しにきました」

「ふん、作物か」

「はい。心当たりの棚を探しに行ってまいります」

本棚が並ぶ書庫の奥へと向かおうとすれば、小さく「おい」と呼び止められる。

声のほうを振り向けば、資料に視線を落としたままのルーヴェル様が口を開いた。

「二階奥の三列目の棚を探すといい」

その言葉に、思わず目を瞬かせる。

そんな私の様子に気付いたルーヴェル様は、眉根を寄せながらこちらを見上げた。

「なんだ、疑うなら確認してみろ」

追い払うように手を振られて書庫の奥へと足を進め、二階の奥から三列目の本棚の前に立つ。

端から背表紙を追っていけば、そこには確かにハウザー公爵領の作物や農業の歴史、過去の自然災害まで幅広い資料が集まっていた。

いくつか参考になりそうなものを手に取り、二階の手すりから身体を乗り出す。

「ルーヴェル様、ありました！」

「当たり前だろう、私はこの邸の当主だぞ。資料となる本の場所くらい把握している」

銀色の髪を掻き上げながらこちらを見上げる彼の顔は、澄ましているように見えるが、どこか誇らしげにも見えた。

「ふふ、どうもありがとうございます」

「これくらい当然だ」

彼とのやりとりに笑みが零れる。

言い方はぶっきらぼうではあるものの、ちゃんと言葉や態度でこちらへの気遣いを示してくれるルーヴェル様を見ていれば、彼を慕う人の多さにも納得してしまう。

今回だって、資料の場所を教えてくれたのもそうだが、先程のように本ばかりでなく実際に己の目で確認するようにとアドバイスしてくれたのも、彼なりの優しさなのだろう。

整った容姿に公爵という身分を持ち、不器用ながらも気遣いのできる性格の彼は、前世のような世界に生まれれば『嫌われ公爵』などと悪評を立てられることはなかったに違いない。

過去の彼が、何を考えて貴族女性を手酷（てひど）く扱っていたのかはわからないが、実際に彼のひととなりを知ってしまった今、社交界で『嫌われ公爵』という不名誉な通り名が定着してしまっている現状を、なんとも不服に感じてしまっていた。

――ちゃんとルーヴェル様を知れば、『嫌われ公爵』なんて悪評を立てようだなんて思わないはずだわ。

ただ、彼がそんな悪評に塗れていなければ、『悪役令嬢』である私を押し付けられることもなかったはずであり、もしかしたら私は彼の悪評に感謝しなければならないのかもしれない。

そうはいっても、ルーヴェル様が社交界から批判的な目で見られているのは妻として腹立たしいことこの上なかった。

彼の女性に対する態度が悪評に繋がったのであれば、その逆の姿を示せば、彼の名誉回復に繋げられないだろうか。

そんなことを考えながら、本を抱えて階段を下りる。

書庫の中には机が一つしか置かれていないため、邪魔にならないようにと極力音を立てないように心がけつつ、ルーヴェル様の向かいに腰を下ろした。

窓から漏れてくる陽の光が薄らとした明かりをもたらしている室内には、二人がページを捲る音だけが響く。

静かな空間の中で、公爵領の気候について目を通しながら穏やかな時間を過ごしていれば、不意に正面から咳ばらいが聞こえた。

顔を上げれば、こちらを窺うような薄紫の双眸と目が合う。

「……邸の中で、何か不満はないか」

予想外の質問に、瞬(まばた)きを繰り返す。

突然の問いに驚いてしまったが、これは恐らく公爵家の当主として、妻である私を気遣ってくださった発言だろう。

細やかな心遣いに、自然と頭が下がった。

「いえ、特にはございません。皆様から非常によくしていただいております」

マチルダをはじめ、公爵家に仕える使用人たちは皆親切だし、ルーヴェル様と結婚してからは、更に好意的な声をかけてもらえるようになっていた。

私の言葉にそうか、と短く返した彼は、再び小さな咳払いをした。

「貴――クローディアの部屋は、東の角部屋を用意していたと思うが、そろそろ朝の日差しが強くなってきたんじゃないか？」

その言葉に、なるほどと納得する。

どうやら、私が以前ハウザー公爵領の気候について調べていたから、話題を振ってくださったらしい。

「言われてみれば、確かに陽の昇る時間は早くなっているかもしれません。前に読んだ資料の通りなら、これからもう少し早くなっていくようですね」

「そうだな。日の出が最も早い時期になると、通常時より一時間近く早く陽が昇る。そうなると、あの部屋では睡眠に支障をきたすかもしれないな」

確かに初めて自室を案内してもらったとき、邸の中で一番日当たりのいい部屋だと教えてもらった。日当たりのいいことは手放しに良いことだと思ってしまっていたが、ハウザー公爵領ではそういった不便も出てくるらしい。

新たな知識に深く頷きながらも、どこか落ち着かない彼の様子を見て、慌てて口を開く。

「ご安心ください！　もしそうなった場合でも、日の出に合わせて早く寝れば問題はありませんから。ご心配くださりありがとうございます」

今のところ、自分のペースで生活ができているために、就寝時間をずらすことには何の問題もない。もし今後社交界の付き合いで夜会や遠出などが増えてきた場合は少々困るかもしれないが、幸か不幸か今現在、ハウザー公爵家に社交のお誘いが増えるような傾向はなかった。

「……部屋を変えることくらいはできるが」

「いえ、大丈夫です！」

ちらりと向けられた視線に、力強く返事をする。

「……貴族女性は、陽の光を浴びるのを嫌がることが多いと聞いているが」

「カーテンを引いていればそうそう困りませんし、現状不満はございません。邸の皆さんのお手間をとらせるようなことは避けたいと思っておりますので」

「……準備ができているとしたら」

「え？」

思わず聞き返した言葉に、彼はバツが悪いように視線を逸らした。

「クローディアが承諾するならば、初夜で使った別棟の部屋を夫婦の寝室として、いつでも使えるようにしてある」

彼の言葉に大きく目を見開けば、書庫内はしんと静まり返る。

返事がないことに居たたまれなくなったのか、手元にあった本をぱたんと閉じた彼は、視線を逸らしながら低く呟いた。

「別棟は邸の北側だから朝日に悩まされることはない。私自身も、時期的にそろそろあちらに移動しようかと考えていた。そちらが望むのであれば、夫婦の寝室として利用するつもりだったが、不要な気遣いだったなら現状のままでもいい。ただ、円満な夫婦であれば、同じ寝室で寝起きするほうが一般的だとは思うが……」

もごもごと尻すぼみになる語尾を口の中で呟きながら、ちらちらとこちらの様子を窺っていた彼は、目元を押さえるようにして顔を俯けてしまう。

驚きに一瞬呆けてしまったものの、彼の言葉の意味を理解すれば、胸にこみ上げるものがあった。

——つまりこれは、初夜以来の夜のお誘いよね。

先程までの悩みが解消されたことに、かかっていた霧が晴れたような心地になる。

「ありがとうございます！　嬉しいです」

「……それは、つまり同室を認めるということか？」

「ご迷惑にならないのであれば、ぜひ」

私の返答に彼は驚いたように一瞬目を見開くと、すぐにまた視線を逸らしてしまった。

「いいんだな？」

「はい、もちろんです」

念押しの質問に笑顔で応えれば、「そうか」と小さな呟きが返ってくる。

まんざらでもない様子で視線を落とした彼の様子に、つい笑い声を漏らしそうになる。

まさかこんな形で初夜以来の夜のお誘いをもらえるとは想像していなかった。

胸のつかえが取れたような心地でほっと息を吐くと、既に本に視線を戻していたルーヴェル様を盗み見る。

彼に倣うように、持ってきていた資料本を改めて開けば、再び書庫には穏やかな時間が流れ始めた。

——今夜から、また夜の営みが始まるらしい。

そう考えると、なんだか落ち着かない心地になる。

集中しようと努力をするものの、つい先程の会話を思い出しては頭を振ることを繰り返してしまい、その日はいつもの半分も読み進めることができずに夕暮れを迎えてしまったのだった。

＊・＊・＊

「ルーヴェル様、これは……」

「ああ、これはやりすぎだな」

初夜と同じ別棟の部屋に揃った私たちは、テーブルを挟んで向かい合わせに腰を下ろすと、周囲に視線を向けていた。

昼間の書庫でのやり取りがあったあと、先に戻ると早々に席を立ったルーヴェル様の背中を見送ってから書庫を出て、自室に戻ってみれば、どこから伝わったのか、既に使用人一同総出で荷物の搬出をしているところだった。

こちらが口を開く前に「ぜひ今夜から、あちらの寝室をお使いくださいませ」と良い笑顔で告げられてしまえば、それ以上何を言うこともできない。

夕食はルーヴェル様と共にしたものの特にいつもと変わったこともなく、身体を清め、身支度を調えた。

ナイトドレスを着る前に、マチルダにお願いしていつもよりも多めに香りのいいクリームを塗り込んでもらうと、緊張しながらもはやる気持ちで別棟の寝室へと向かった。

扉を叩けば、既に到着していたルーヴェル様は静かに扉を開いて迎え入れてくれる。

清潔な白いシャツに黒地のスラックスを身に着けている彼の髪は、やはり初夜のときと同様にほんのりと湿っているように見えた。

初夜ほどではないものの薄地のナイトドレスを身に着けている私は、緊張に高鳴る鼓動を押さえながら、寝室へとゆっくり足を踏み入れる。

――一応、彼の髪色に近い水色を選んでみたけれど、やりすぎたかしら。

ドレス同様、衣服に相手の色を纏うことは、相手への好意を示す行為だ。

夫婦となって二度目の夜であるし、先日彼自身の色のドレスを贈ってもらったのだからと、思い切ってみたのだが、彼は一瞬目を向けただけで、ふいっと視線を逸らしてしまった。

――少しあからさま過ぎたかもしれないわね。

内心反省しながらも、彼に手を取られ部屋のソファに腰を下ろす。

向かいにルーヴェル様が座ったのを見て、周囲を見上げた私が発した第一声が、先程の一言だった。

「なんだか初夜のときより、気合が入っていますね」

「使用人たちにとって、公爵家の後継の誕生は悲願だからな。多少のやりすぎには目を瞑ってくれ」

溜め息を溢しながら目頭を押さえているが、それほど彼が使用人たちから慕われているということだろう。

繊細に編みこまれた白いレースの天蓋に、ベッドの上には、これでもかと赤い薔薇が散りばめられている。

机の上には、年代物の葡萄酒に、腕によりをかけて作っただろう焼き菓子が添えられていた。

初夜と遜色ない――むしろグレードアップしているもてなしぶりに、使用人たちの並々ならぬ期待がひしひしと感じられた。

各種のお膳立てを目の当たりにして、その一つ一つから、親指を立てる使用人たちのいい笑顔が浮かんできて遠い目をしそうになってしまう。

「……そんなに緊張しなくていい。貴様が嫌がるようなことはしないつもりだ」

「え？」

部屋を見回していた視線を正面に向ければ、眉間に皺を刻み込んだルーヴェル様が、その目を瞬かせる。

「なんだ、そんなに驚くことか？　嫌がる相手を無理やり組み敷くようなことはしないと言っているだけだ。円満な夫婦でも毎日身体を重ねるわけではないだろうし、同じ部屋で寝起きをするとしても別に――その、そういうことをしない日もあるだろう」

口籠もりながらも真面目な様子で語られた彼の言葉に、全身がぎしりと強張った瞬間、すぐに淑女の笑みを張り付ける。

「そうですよね！　そういうことをしない日だってありますよね！」

明るい声で言葉を返し、こくこくと頷きながらも、心の中では心底懺悔していた。

――神様、どうか不埒な私をお許しください。

日中書庫で同室のお誘いをもらったとき、てっきり夜の誘いをもらったのだと思い込んでいた。

だから今夜は二度目の営みに挑むつもりで、気合いを入れてこの部屋を訪れたのだが、どうやら私の勘違いだったらしい。

日中彼が口にしていたのは、ただ単に部屋を同室とすることについてのお誘いだったのに、完全に先走ってしまっていた。

先程、使用人たちの気合いの入れように驚いていたのも、そういうことだったのだろう。

――ああ、穴があったら地中深くまで埋まりたい。

てっきり夜の誘いをもらったのだと思い込み、いつもよりも多めにクリームを塗り込んでもらったことが恥ずかしい。

更には、自分の色のナイトドレスを着てきた私を見て、彼はどう思ったのだろうかと想像してしまい、全身が火を噴くように熱くなった。

「どうした？」

羞恥に火照る頬を両手で押さえていれば、ルーヴェル様から怪訝な声が飛んでくる。

「……いえ」

「なんだ、言いたいことがあるなら言ってみろ」

恥ずかしさに顔を上げられないでいれば、彼は訝しげな表情でこちらを覗き込んできた。

目の前に端正な顔が迫ってきたことにうっと呻き声を上げてしまったが、一緒に寝るとなれば、この身体に塗り込んできたクリームの香りも感じとれてしまうだろう。

黙っていても今更かと、躊躇しながらもおずおずと口を開く。

「その……実は、書庫でルーヴェル様から同室のご提案をいただいたことを、てっきり夜のお誘いをいただけたものだと勘違いしてしまっていたもので……」

「なに？」

その声の低さに、慌てて頭を下げた。

「すみません！　先程のお言葉で勘違いだったことには気づいたのですが、すっかり舞い上がってしまっていて……。もしかしたら既にお気づきかもしれませんが、マチルダに頼んで香りのいいクリームを、いつも以上に塗り込んでもらっておりまして……更にはルーヴェル様の髪の色を意識したナイトドレスなども、お恥ずかしい限りです……」

事実を口にすれば、もうこの場から消えてしまいたい気持ちでいっぱいになる。

しおれるように肩を窄めれば、気まずい沈黙が二人の間に落ちた。

居たたまれない空気の中で小さくなっていると、しばらくして向かいから大きな咳ばらいが聞こえてくる。

恐る恐る視線を上げれば、顔を背けたルーヴェル様の姿が映った。

「……嫌ではないのか」

その質問に、つい首を傾げる。

「嫌とは、夜のお誘いのことでしょうか?」

「……お誘いというか、行為自体についてだ。あの夜は初夜ということもあって身体を繋げる必要があったが、今日のこれは義務ではない。先程も言ったように、円満な夫婦でも毎日身体を繋げる必要はないと私は考えている」

「つまり……?」

察しの悪い私に一瞬狼狽(うろた)えるような反応を見せた彼は、視線を彷徨わせると唸(うな)るように低く呟いた。

「嫌でないのであれば、別に今日だって……」

そう口にしながら彼は、目を伏せてしまった。

「それはつまり……夜のお誘いと捉えても?」

「ぐっ最後まで言わせるな。貴様が嫌でないならば、別に私は毎日だって——いや、それは貴様が嫌がらないのであればの話だが……」

もごもごと語尾をすぼめてしまったが、つまりようやく夜のお誘いをいただけたということだろう。

「ぜひ! ありがとうございます!」

「なんで貴様がお礼を言うんだ……」

こめかみを押さえながら呆れまじりの溜め息を吐くルーヴェル様を前に、喜びに浸っていたのも束の間、そういえば今日のこれが初夜以降、初の営みになることを思い出した。

「あの、ルーヴェル様。もし問題なければ教えていただきたいのですが」

「なんだ?」

私の質問に、形のいい眉が僅かに動く。

「初夜を終えてから一ヶ月近く経ちますが、これまで一度もそういったお誘いがなかったのは、何か理由があったのでしょうか? その……、もしかしたらあの日、何か私が粗相でもしてしまったのかと思っていたのですが」

窺うような視線を向ければ、ルーヴェル様は面食らったような様子でこちらを見つめていた。目が合うと、気まずそうに視線を逸らして顔を俯けてしまう。

「……粗相なら私のほうだろう」

「え?」

瞬く私を見て、彼は気まずそうに眉間に皺を寄せた。

二人きりの室内にこほんと咳ばらいを響かせた彼は、視線を泳がせながら、ぼそりと呟く。

「あの日、随分と負担をかけてしまったのではないかと」

「? 何がでしょう?」

「何がって、その……行為のことだ」

顔を俯けたルーヴェル様は、指を組んだ手をじっと見つめている。

「初夜は、痛かっただろう？」

「ええ、まあ……」

女性の多くは初めての行為で当然痛みを感じる。

あの日は、その痛みが彼と身体を繋げた証拠のように感じて、小さな喜びを感じたことを覚えていた。

「手練れならば、破瓜の痛みすらも快楽で埋められるらしい。痛みを感じさせてしまったのは、私の力不足ということだ。……あの夜は、つい夢中になってしまったからな」

彼の言葉に思わず目を瞬かせる。

初夜の痛みが相手の技量によるだなんて初めて聞いたが、真剣な彼の様子を見れば、口を挟むことは憚られた。

「これまで閨事は書物か口伝でしか知識がなかったからな。女性の身体というものが、かくも柔らかく脆いものだと知らず……いや、これはただの言い訳だな。恥ずかしながら、破瓜の痛みを回避する方法も、初夜のあとに初めて知ったんだ。あの夜、努力すると言いながら、随分と失望させたのではないかと思っていた」

気まずげに視線を逸らしている彼が、一体どんな方法を聞いたのかは知らないが、あの夜の行為については、思い返してみても酷く心地よかったことしか記憶に残っていない。

もしかしたら女性に尽くすことが前提のこの国には、そういった共通認識があるのかもしれないが、私自身破瓜の痛みは当然のものだと思っていたし、彼との行為に不満を抱いたことは一度もない。

「あの」

「なんだ？」

私の問いかけに、ルーヴェル様は気まずげに視線を向ける。

その沈んだ様子に、両手を握りしめながら姿勢を正す。

「私自身、閨の知識が乏しいので、ただの個人的な感想になってしまうのですが、よろしいですか？」

「構わない。忌憚のない意見を聞かせてほしい」

ルーヴェル様は固い表情のまま、覚悟を決めたように唇を引き結んだ。

「破瓜の痛みについてですが、確かにその夜から翌日くらいまでは、鈍い痛みが続きました」

「それは……、本当に、申し訳なく思っている」

「しかし、その痛みは嫌なものではなかったですし、辛いとも思いませんでした。どちらかと言えば、嬉しかったです」

「……どういうことだ？」

私の言葉に、彼は息を呑むようにこちらを見つめた。

「破瓜の痛みがあったからこそ、身体が繋がったことを実感できたのです。ルーヴェル様とちゃんと夫婦になれたことを教えてくれる痛みを、辛いと感じることはありませんでした。それに！　夫がそれほどに手馴れているなんて、妻としては少々複雑な気持ちになります。少しくらい痛みのあるほうが、身体の繋がりを実感できてありがたいですし、それにその……先程私との行為に夢中だったという言葉が、とても嬉しかったです」

じんわりと火照る頬の熱を感じながら、顔を俯ける。

恥ずかしさに顔を上げられないでいれば、小さな咳払いと共にこちらに向かってくる足音が聞こえた。

視界に彼の脚が入った次の瞬間、僅かな振動と共に、隣に腰を下ろした彼の気配を感じる。

緊張に身を固めていれば、膝に置いていた手に彼の大きな手が重ねられた。

「嫌なら跳ね除けてくれ」

隣から聞こえる言葉に、慌てて首を横に振る。

私の反応を見て、彼はふっと笑うような吐息を溢した。

「もっと早く、口に出せばよかったな。知識だけではわからないことがあると自分で言ったくせに、実際に確認することを怠っていたようだ」

日中書庫で聞いたアドバイスを踏まえた彼の言葉に、反射的に顔を上げれば、すぐ隣に座っていたルーヴェル様と目が合う。

間近で見つめ合った彼は、困ったように眉尻を下げながら、小さく微笑んだ。

「私と身体を重ねることに抵抗は？」

「もちろんありません。私達は、夫婦ですから」

「はは、確かに貴様――クローディアの言う通りだ」

彼はまるで自分に言い聞かせるようにそう呟くと、重なっていた手を掬い上げるように引き寄せ、その甲に口付けを落とした。

歌劇のワンシーンのような光景に目を奪われていると、彼の薄紫色の双眸がこちらを見上げる。

「今夜、二度目の機会をもらっても？」

まるで口説かれているようなその言葉に、ぞくりと身体が震える。

「は、はい！　もちろんです！」

動揺に声を裏返しながらも何度もコクコクと縦に首を振れば、ふっと口端を緩めた彼に抱き上げられてしまった。

瞬く間にベッドへと運ばれ、白いシーツの上に重なり合うように身体を沈める。

見上げた先には、白いレースの天蓋とこちらを見下ろす彼の双眸。

ゆっくりと近づいてくる彼の姿に思わず目を瞑れば、唇に柔らかいものが当たった。

優しく重ねられたそれは、唇を食み、内側への侵入を窺うようにちろちろとその隙間をなぞる。

舌先に撫でられるくすぐったいような感触に薄く唇を開けば、熱を持った舌がぬるりと口内に滑り込んできた。

侵入してきた彼の舌は、上顎を撫で歯列をなぞり、緊張に縮こまっていた舌を見つけると誘い出すかのように絡みつく。

舌を絡めたままじゅるじゅると音を立てて吸われれば、どちらのものともつかない唾液が口端から零れた。

「っ……ん、ぅ」

舌を吸われ、零れ出る雫を舐めとるように貪られると、頭の芯が痺れるようにぼんやりとしてくる。

口付けの角度を変えられるたびに、口端から吐息と共に上擦った声が漏れた。

甘美な刺激に蕩(とろ)けはじめた思考の中で、ルーヴェル様の手がナイトドレスの上から胸の膨らみを包むのを感じた。

大きな手に包み込まれたささやかな双丘は、彼の指に揉みしだかれるたびに形をかえる。

舌先から注がれる甘い痺れのせいか、胸を包む彼の手の熱のせいか、いつのまにか立ち上がっていた胸の先は、彼の手のひらに擦れて肌が泡立つような切なさを走らせていた。

「クローディアの身体は、どこまでも柔らかいな」

そう口にした彼は唇を離し、額に優しく触れるだけの口付けを落とす。

額から頬、首筋へと音を立てながら順に唇を滑らすと、揉みしだいていた胸元へと顔を寄せた。

ぎくりとした瞬間、彼は薄布の上からぱくりと胸の先を口に含む。

「ひぁっ！」

布越しに触れただけなのに、じんわりと湿る布の向こうに彼の熱を感じる。

湿り気を帯びた彼の舌先が先端を刺激するたびに、ぞくぞくとした快感が背中を駆け昇る。

大きく乳房を揉みしだいていた彼の手が、そそり立った胸の先を摘まんだ瞬間、腹の奥がひきつれるような甘い刺激が走った。

「ぁあっ！」

強すぎる快感に、あられもない声が上がる。

あまりの恥ずかしさに身を捩るも、胸の先に強く吸いつかれてしまえば、その刺激に更なる快感を覚えさせられてしまう。

蕩けそうなほどに熱い口内で、彼の舌先に弾かれ捏ねられ吸い付かれると、だらしない嬌声が漏れ出していた。

「んっ……。ふ、ぁ――っんぅ」

とめどなく注がれる快感に、腹の奥がどうしようもなく疼いてしまう。

下腹が熱くて切なくて、どうしようもない。

せり上がってくる熱に追い込まれ、思わず太腿を擦り合わせれば、彼の指が太腿に触れ、脚の付け根へと伸ばされた。

彼の指先が、下着の上から割れ目をなぞるようにゆっくりと這わされる。

前後になぞっていた指先は、零れた蜜でぴたりと張り付いてしまっている場所を見つけると、カリカリと爪先で引っ掻き始めた。

淫らな体液でぐっしょりと濡れそぼったその場所は、既にもう下着としての意味をなしていないようで、彼の指先が触れるたびに薄布など存在しないかのように甘やかな刺激を響かせてくる。

「よく濡れているな」

その言葉にカッと顔が熱くなった。

「い、言わないでください」

「いいことだろう？　私の愛撫で感じてくれているのだから、少なくとも私は嬉しい」

至極真面目に語る彼の言葉に、恥ずかしさで消え入りそうになりながら、なんとか口元を引き結ぶ。

こちらの様子にふっと口元を緩ませた彼は、胸元のリボンに手をかけナイトドレスをはだけさせると、下着の横の紐を引き抜いた。

あっという間に生まれたままの姿にされると、こちらを見下ろした彼は手早く己の服を脱ぎ捨てる。

部屋の明かりは、遠くに置かれた燭台(しょくだい)一つ。

薄暗い部屋の中で、一糸まとわぬ姿となったルーヴェル様を見上げた。

「あの――」

「クローディア」

突然名前を呼ばれ、覆いかぶさるように身体を抱きしめられる。

その腕にぎゅうぎゅうと締め付けられ、直に肌が触れあえば、熱を帯びた彼の体温が伝わってきた。

「ルーヴェル様？」

「……すまない。また今日も、我慢できそうにない」

そう言い終えるが早いか性急に唇を重ねられ、胸の先を彼の指先に強く摘まれる。

「んぅっ！」

侵入してきた彼の舌に口内を埋め尽くされ、彼の指先がカリカリと胸の先を弾けば、くぐもった声が漏れた。

混ざり合うような口付けと理性を苛むような胸の先の刺激に、腹の奥に言いようもない熱が溜まっていく。

下腹で溶けた熱が蜜となって、とぷりと秘所を潤せば、彼の手が股のあわいへと伸ばされる。

割れ目を広げるように這わされた彼の指先は、十分に濡れそぼったその場所に触れるだけで、くちりと湿った音を立てた。

前後に往復したその指は、蜜を溢すその場所をみつけると、つぷりとその先を潜り込ませる。

「んんっ」

初夜で一度交わっただけの場所は、指先が侵入するだけでも強い圧迫感を覚えてしまう。

しかし、先程までの愛撫によって十分過ぎるほどに潤されたその場所は、まるで押し入ってくる動きを助けるように止めどなく蜜を滴らせていた。

彼の指に合わせて、くちくちと卑猥な水音が響く。

肉壁を押し広げながら、いつの間にか根元まで沈めこまれていた指が出入りするたびに、下腹が引き攣れるようにきゅうと切なくなってしまう。

「んっ……ふ、っ」

吐息が漏れれば彼の舌が差し込まれ、嬌声ごと吸われ舐めとられてしまう。

内壁を広げるように掻きまわしていた指が増やされ、押し入ってきた二本の指がぐちゅぐちゅと水音を立てながら出入りすれば、腹の奥に溜まっていた熱が掻きだされるかのように蜜が溢れた。

熱に浮かされるような感覚の中で、不意に腰が持ち上げられたかと思えば、秘所に吐息が当たるのを感じる。

驚きに視線を落とせば、先程まで覆いかぶさっていた彼は身体を起こし、私の両脚を肩にかけるような体勢になっていた。

彼の目の前に秘所を曝け出している状態に、羞恥で身を捩ろうとするも、脚を掴まれている状態では身動きもとれない。

抗議の声を上げようとした瞬間、彼の舌が敏感な粒を撫でた。

「ひぁっ！」

強すぎる刺激に腰が浮く。

舌先で転がされ押し潰され、強く吸い付かれると、止めどなく嬌声が漏れてしまう。

「やっあ、あぁっ」

敏感な粒を弾かれ、彼の指に内側を擦られると、痺れるような快感が背中を駆け昇った。

全身が震えるような感覚が走れば、あっという間に高みの向こうへと押し上げられてしまう。

「ひぁっ……やっ、あ、あぁあっ！」

快楽の波に呑みこまれ、全身を血が駆け巡る。

頭の中が真っ白に染められるような感覚があった直後、どっと身体の力が抜けたのを感じてベッドに沈み込んだ。

浅い呼吸を繰り返していれば、ちかちかと星が飛ぶような視界の中に、こちらを見つめるルーヴェル様の姿が映る。

「達してくれたんだな」

その問いかけに小さく頷けば、嬉しそうに口端を緩めた彼は、蜜壺に沈めていた指をゆっくりと引き抜いた。

達した余韻のまま呆然とその様子を眺めていれば、先程まで指を突き立てられていた場所に、熱いモノが触れる。

十分に濡れそぼった場所に触れた熱棒は、くちりと音を立てると、次の瞬間その切っ先をずぷりと沈み込ませた。

「――っ」

先程までとは比べ物にならない質量に、零れそうになった声を何とか呑みこむ。

眉根を寄せながら何かを堪えるように目を細めた彼は、切っ先を潜らせたモノをゆっくりと押し進めるように動かし始めた。

浅いところを出入りするたびに、ぬちぬちと蜜を捏ねるような律動が身体を揺さぶった。

切っ先だけとはわかっているのに、狭い内側を押し広げる圧迫感に息を詰めていれば、彼の指先が敏感な粒を弾いた。

「ひぁっ⁉」

思わず漏れた嬌声と共に、びくりと腰が跳ねた。

「やはり、ここが一番反応がいいな」

そう呟いた彼は、親指の腹でぐりりとそこを押し潰す。

先程達したばかりの身体は、触れられるだけで異常なほどの快感を走らせていた。

捏ねるように押し潰され弾かれ、その刺激に全身の感覚が蕩けはじめると、彼のモノが内側を押し広げていく圧迫感さえも快楽へと変換されていく。

「はっ……あ、んっぁ」

浅いところを突かれ、花芯を捏ねられ、頭の中が痺れるように何も考えられなくなる。

力が抜けたことを感じたのか、強く腰を掴まれたと思うと、浅いところを出入りするばかりだった剛直がずぷりと最奥を貫いた。

「ぁ――――っ」

切っ先から根元まで全てをねじ込まれて、狭い肉壁を押し広げられる。

一度は受け入れたはずのものなのに、息が詰まるほどの圧迫感に浅い息を繰り返していれば、両手で腰を捉えたルーヴェル様が再びその腰を動かしはじめた。

熱棒が蜜壺に打ち付けられるたび、零れた蜜でぐちゅぐちゅと卑猥な水音が響き渡る。

「やっ――ん、ぁ、あっ」

先程までその先端が埋め込まれるだけでも苦しかったはずなのに、突き立てるように激しく穿たれ、
切っ先が奥深くを抉るたびに、腹の奥に引き攣れるような切なさが走り、彼のモノをきゅうきゅうと締め付けてしまう。

激しく揺さぶられ、定まらない視界の中で、こちらを見下ろすルーヴェル様が、苦しげに眉間を寄せているのが見えた。

「ル、ヴェル、ま」

「っ……なんだ」

私の片方の脚を持ち上げ、腰を止めないまま、彼は短く言葉を返す。

「――んっお、願……っ」

突き上げられているせいで、うまく言葉が紡げない。

ルーヴェル様は腰を止めるつもりは無いようで、私の片脚を肩にかけると、更に深くを抉るように腰を打ち付けてくる。

その動きに揺さぶられながらも、必死に言葉を紡いだ。

「ルヴェ、様も……気持ち、くなっ――あぁっ！」

言い終える前に、一層深く奥を抉られる。

言葉は返ってこなかったものの、蜜が泡立つほどに腰を打ち付けられ、枕元へ押し上げられるほどに激しくなった抽送が何よりの答えなのだろう。

「あっぁ、んっ」

口からは意味を持たない嬌声ばかりが漏れ出てくる。

内側を擦られ、敏感な粒を捏ねられ、部屋に響く肌と肌とがぶつかり合う音や卑猥な水音に、理性などとっくに焼き切れていた。

全身から快楽を注がれ、その気持ちよさに身を委ねてしまう。

自分だけがいい思いをするのは申し訳なくて、ルーヴェル様にも気持ちよくなってほしかった。

両脚を肩にかけられ、身体を折り曲げるようにされると、これまで以上に深く内側を抉られてしまう。

彼の指先が胸の先を摘まめば、一度目より大きな快楽の波が押し寄せてきた。

「やっぁ、あぁあっ！」

ガクガクと震える身体を押さえるように、彼の手が強く腰を掴まえる。

達した余韻で身体中の力が抜けていき、最奥を抉る律動にただただ身体を揺さぶられていれば、腰を掴まえていた彼の手にぐっと力が込められると、腰を押し付けられるような動きと共に、腹の奥に熱いモノが広がった。

倒れ込むように身体を傾けた彼とふと目が合うと、そっと触れるだけの口付けが唇を掠(かす)める。

お互いに肩で息をしながら見つめ合っている状況の中で、ふと先程までの己の痴態を思い出して急に気恥ずかしくなってしまった。

「あ、あの……」

「……なんだ」

気恥ずかしいのか、返ってきた彼の言葉はなんだかいつもよりも低く感じる。

「その……とても、気持ちが良かったです」

私の言葉に、彼は僅かに目を瞠ったようだった。

「初夜の日も、今日だって、私はただただ気持ちがいいだけだったので……」

「何が言いたい？」

言葉に詰まった私を、彼はじっと見つめていた。

「その、私たちは形から入った夫婦ですから、夫婦関係を築く行動の一つとして、夜の営みは必要なものではないかと思っているんです」

気恥ずかしくなりながら、向かい合う相手から少しだけ視線をずらす。

「初夜から今日までお誘いがなかったときは、少々不安に感じていましたし、それに今日は初夜ほど痛みもありませんでした。だから、その、今後も問題無いようであれば、できれば継続の方向でご検討いただけたらと思っているのですが……」

一ヶ月経っても夜のお誘いがないことに、多少なりとも不安を感じていた。

できれば今後そんなことが起こることがないようにと言葉にしてみたのだが、ちらりと彼の様子を窺えば、目が合った瞬間ふいっと視線をそらされてしまう。

少し直接的過ぎたかもしれないと反省していれば、不意に低い声が聞こえてきた。

「……つまり、これからも夜の営みを続けていいと？」

その言葉に目を見開けば、照れたように頬を染めた彼と目が合う。

「もちろんです！　ルーヴェル様が望んでくださるならば、ぜひ！」

「……そうか」

短く言葉を返した彼は僅かに頬を緩めると、くしゃりと私の頭を撫でた。

彼の腕が背中に回され、上半身を抱き上げられたかと思えば、気付けば彼の膝の上に乗せられていた。

「え」

「何を驚いている？　たった今、今後も営みを続けていいと言ったのはクローディアだろう？」

そう語るルーヴェル様は、薄らと口端を吊り上げた。

気が付けば彼のモノは、いつのまにか私の内側で既に硬さを取り戻している。

「初夜はさすがに遠慮したが、望んでもらえるのならば我慢する必要はないな」

独り言のように低く呟いた彼は、その大きな手で私の腰を掴んだ。

彼の手によって前後に揺さぶられるだけで、その質量が内側を押し広げていくのがわかる。

「んっ……」

先程達したばかりの身体は、再び内側を押し広げ始めたモノの感覚を敏感に拾ってしまう。

「もう一度言う、嫌なら跳ね除けてくれていい。私は、妻の嫌がることはしないと決めている」

腹の奥から広がる甘い刺激に、漏れ出る吐息を何とか抑えていたものの、唇を重ねられ、彼の指先に胸の先を弾かれれば、あっという間に理性を解かれていく。

口内を貪られ、下から激しく突き上げられれば、いともたやすく再び快楽の向こうへと押しやられてしまった。

そのあと何度交わったかは、はっきりと覚えていない。

体勢を変え、向きを変え、何度も何度も交わったあとに、途切れそうな意識の中で、額に触れる唇の感触を覚えた。

僅かに開いた視界の中で、柔らかく微笑むような彼の姿を見た気がしたのを最後に、ふつりと意識が途切れてしまったのだった。


チュンチュンと鳥の囀る声が響く。

窓から漏れる穏やかな陽光に薄らと目を開けば、見知らぬ光景が広がっていた。

——ああ、昨夜から部屋を移動したんだったわ。

身体を起こし、周囲を見渡せば、昨夜共に寝たはずの彼の姿はない。

未だ目覚め切っていない頭を振るようにして、緩慢な動きで身を起こせば、ベッド横の側机に小さなカードを見つけた。

何気なく手に取ってみれば、整った文字で『公務があるので先に出る』と書かれたメッセージが記されている。

わざわざ書き置きを残すなんて律儀な人だと頬を緩ませながら、何気なくカードを裏返して目を瞠った。

そこには追伸と書かれた文字と共に、小さな文字でメッセージが書かれている。

『昨夜は無理をさせたので養生するように。許されるなら、今夜も貴女の側に』

生真面目な文字で書かれた最後の一文に、カッと頬が熱くなる。

火照る頬を押さえながらも、この一言のきっかけになった昨夜の自分の発言を思い出していた。

――昨夜、夜の営みをお願いしてしまったものね。

今思えば随分と恥ずかしいことを言ってしまったと思うが、あのときは必死で、何も言わないままに、また変なすれ違いを起こしたくないと思う一心だった。

そんなことを思い返しながら、再びカードに視線を落とす。

今後も夜の営みを続けることになったというだけなのに、彼の書いてくれたメッセージがなんだか愛を乞われているような文章に見えて、むず痒いような心地になってしまう。

くすぐったいような気持ちで頬を緩ませていれば、控えめなノック音が響いた。

返事をすると、挨拶と共にマチルダが顔を出す。

「おはようございます、奥様。そろそろお目覚めかと思いまして、お伺いいたしました」

「ありがとう、ちょうど先程目を覚ましたところだったわ」

「それはようございました。既に朝食の時間からずいぶん経っております。厨房の者に軽く摘まめるものをご用意させましょう」

「もう、そんな時間なのね」

昼近くまで寝てしまっていたことに驚きながらも、朝方まで身体を重ねていたことを考えれば、それはそうかと思い至る。

むしろあんな遅くまで励んでいたのに、通常通り公務に出ているルーヴェル様が凄すぎるのだ。

今後も昨夜同様の夜の営みが続くようであれば、私も体力作りに取り組むべきかもしれない。

そんなことを考えていれば、朝の支度の準備をしていたマチルダから蒸しタオルが差し出された。

「おや？　そのカードは」

「な、なんでもないわ。気にしないで」

マチルダの質問に、手にしていたメッセージカードを焦るように後ろ手に隠す。

なんだかこのカードだけは、自分以外には見せてはいけない気がしていた。

「ふふ、承知しました。さあ、支度を始めましょう」

なんだか嬉しそうにそう口にした彼女から差し出された蒸しタオルを受け取る。

温かなそれに顔を埋めれば、またいつもの日常が戻ってきたような気がして、ほっと肩の力が抜けてしまうのだった。

＊・＊・＊

「奥様、おはようございます！」

いつものように書庫に向かっていたところ、庭園の側を通りかかったところで、威勢のいい声がかかった。

声のほうを振り向けば、顔なじみとなった庭師の方々が大きく手を振っている。

返事をするように手を振り返せば、その内の数名が顔を見合わせると、こちらに向かって駆け寄ってくるのが見えた。

「皆様、おはようございます。今日もいい天気ね」

近くまで来た彼らに挨拶をすれば、嬉しそうに顔を見合わせた青年たちは、こちらに向かって一斉に頭を下げた。

「奥様、ありがとうございます！」

開口一番のお礼の言葉に目を瞬かせれば、顔を上げた彼らから眩しい笑みを向けられる。

「ええと……御礼を言われるようなことが思いつかないのだけれど、何かあったのかしら？」

「もちろん、ルーヴェル様のことです！」

私の質問に、庭師の一人が力強く拳を握った。

「奥様とご結婚されてから、ルーヴェル様は毎日本当に幸せそうにされていますから」

その言葉に、頬が熱を持ちそうになったところを、何とか踏みとどまる。

夜の営みが再開されてから約一週間。

日中や夕食時に顔を合わせる際のルーヴェル様は、相変わらず落ち着き払った様子で特に変化はないのだが、夜の営みとなると、毎日驚くほどに抱き潰されていた。

昨夜も朝方まで身体を重ねていたため、先程私が部屋を出たのは、もうお昼も近い時間だった。

日中のルーヴェル様の様子が変化したとは思わないし、彼がその変化を口外するとも思わないが、同室となったその日から私の行動時間が遅くなっていることで、薄々感じている使用人たちもいるのかもしれない。

「今朝なんて、ルーヴェル様が空を見上げて『清々しい朝だな』って独り言を言っていたんですよ。普段、毎朝眉間に皺を寄せて無言で執務室に向かうルーヴェル様が！」

「俺なんて昨日別棟に向かう前に、何度も姿鏡(すがたみ)を確認しているルーヴェル様の姿を見ました。それに、今朝会ったときには今盛りの花を教えてくれと！　きっと奥様に贈るつもりでお尋ねくださったんだと――」

「馬鹿！　それルーヴェル様より先に言ってどうすんだ！」

「しまっ——申し訳ございません！　どうか今の話は聞かなかったことに！」

慌てて口を塞いだ青年の姿に、思わず笑みが零れてしまう。

「ふふ、大丈夫です。何も聞いておりませんわ」

「すみません、コイツ浮かれてて……」

「本当に、本当に申し訳ございません！　俺、ルーヴェル様が幸せそうなことが嬉しくて……」

肩を窄めてしまった青年を小突く彼らの姿を見ていれば、いかにルーヴェル様が慕われているかが伝わってくる。

夫婦としての営みを指摘されたのかと構えてしまったが、彼らが言うように、もしかしたら少しずつではあるが日中のルーヴェル様にも小さな変化が生まれているのかもしれない。

そんなふうにと考えると、なんだか自分が役に立てたようで、くすぐったくも嬉しくなってしまう。

浮かれそうになる心を引き締めて、彼らに微笑みかけた。

「過分なご評価をいただけて嬉しく思います。ルーヴェル様はお忙しい方ですから、少しでも支えになれるよう努力していくつもりですわ」

そう告げた私に、笑顔を返してくれていた青年たち一人が「あの……」と小さな声を上げた。

「奥様は、ルーヴェル様が『嫌われ公爵』と呼ばれていることはご存じですよね？」

突然の問いに目を瞬かせながらも、相手の強張った表情を見て、柔らかく微笑み返した。

「ええ、存じ上げておりますわ」

肯定すると、青年たちは神妙な面持ちで目配せをし合う。

どうしたのかと思っていれば、その中の一人が遠慮がちに口を開いた。

「……僕たちは、ルーヴェル様が社交界で『嫌われ公爵』だなんて悪名で呼ばれているのが、ずっと悔しかったんです」

そう口にした彼は、その手でぐっと拳を握った。

「ルーヴェル様は周囲に怯むことなく、困っていた僕たちに手を差し伸べてくれました。ご自身の出世や保身のために、いくらでも取り繕うことはできたはずなのに、追いつめられていた僕たちを貴族女性から守ってくださったんです。そんな人、ルーヴェル様の他には誰もいませんでした」

「俺たちにとって、ルーヴェル様は、女性の圧力から救ってくれた恩人なんです」

堰を切ったように彼らは口々に言い募る。

「貴族女性からすれば気に食わない存在だったのかもしれませんが、ルーヴェル様がいてくださったからこそ、僕らはあの環境から抜け出すことができました」

「でも、僕たちのような人間を救うたびにルーヴェル様への風当たりは強くなって、気が付けば『嫌われ公爵』だなんて呼ばれて、縁談の話もすっかりなくなっていたんです。そんなルーヴェル様が、ようやく心を開けるお相手を迎えられたことが嬉しくて……」

「悪評に惑わされず、ルーヴェル様と向き合ってくださり、本当にありがとうございます」

彼らの言葉に、ちりっと胸の奥が痛んだ。

私は、望んで彼の元に嫁いだわけではない。

彼らを騙して いるようで、真実を伏せておくわけにはいかなかった。

「私がこちらに嫁いだのは、王家の命であったことはご存じですか？」

「もちろんです。正直初めは、第三王子の婚約者なんて、すぐに音を上げて踵を返してしまうと思っていました。だって聖母教の御膝下で育った貴族令嬢なら、無理やりの縁談なんて、ごねれば突っぱねられるとバートもルーヴェル様もおっしゃっていましたから」

初耳の情報に、目を瞬く。

「でも奥様は、ルーヴェル様に向かい合ってくださった」

「前にギルさんが来られたときに、奥様はルーヴェル様を一途に想われていると聞いたんです」

「公爵夫人としてルーヴェル様の側にいてくださり本当にありがとうございます」

深々と頭を下げる彼らの言葉に、思わず胸元を握りしめた。

ハウザー公爵邸には、見目の良い若い男性使用人が多い。

それは恐らく、以前ギル様が語ってくれたような事情を持つ者たちが、ルーヴェル様の側に仕えているからなのだろう。

目の前で頭を下げている彼らに対して、同じ貴族女性として申し訳なく思いながらも、ギル様のときのように事情を深掘りして彼らの古傷を抉ることはしたくなかった。

以前ギル様が言った通り、彼らを救ったのはルーヴェル様なのだから、私にできることは、彼らの恩人であるルーヴェル様に尽くすことだ。

　咽喉元まで出かけた謝罪の言葉を呑みこむと、公爵夫人として彼らに頭を上げるように声をかけた。

　おずおずと頭を上げた彼らに向けて、公爵夫人として笑みを浮かべる。

「ルーヴェル様の妻として、皆様のお気持ちを嬉しく思います。これからも彼の支えとなれるよう努めますので、夫婦共々よろしくお願いいたします」

　にこりと微笑みかければ、彼らはなんだか照れくさそうに頬を緩めた。

「あのっ！」

　向かい合っていた庭師たちの後ろから、一人の年若い青年がひょっこりと顔を出す。

　走ってきたのか、息を切らした青年は私の前に一歩歩み出た。

「奥様、ぜひこれを！」

　その声と同時に、目の前に鮮やかな白が映った。

　よく見てみれば、視界を染めたそれは白百合の花で、何本かの白百合を淡い黄色の小花が包むように作られた花束だった。

「僕らからの感謝の気持ちです。ルーヴェル様と奥様をイメージして作りました。きっと今夜にでもすごく大きな花束をもらうと思うので前菜みたいなものですが……よかったら受け取ってください」

　そう言いながら渡された花束を見ると、ルーヴェル様の銀色の髪を彷彿とさせる凛とした白百合に、自身の金髪に近いような黄色い小花が寄り添っている様が、なんだかくすぐったく感じてしまう。

「黄色い花は小ぶりですが、豊かな教養を示す花言葉を持っているんです」

奥様を例えるには少々華やかさが足りませんがと頬を掻く彼の言葉に、思わず笑みを溢してしまった。

「ありがとう、嬉しいわ」

顔を寄せれば、白百合の華やかな香りがふわりと立つ。

ルーヴェル様は公務が終わられるまで戻られないだろうから、部屋に戻ったときに、彼の目に留まるように飾ることにしよう。

この花を見た彼はどんな顔をしてくれるだろうか。

そんな想像するだけで、つい口元が緩みそうになる。

「あの、奥様。これは僕ら庭師たちだけの秘密だったんですが……」

そう言いながら一人の青年が、こちらに近付きながら声を潜めた。

「ルーヴェル様は昔から、気持ちが落ち込むと庭園に足を運ぶ癖があったんです。でも、奥様が公爵邸に来られてから、その頻度が格段に減りました。庭師の僕らにとっては少し寂しくもあるんですが、それだけ奥様の存在はルーヴェル様の心の支えになっているんだと思います」

耳打ちされたその話に、ふと以前夜の庭園で彼と会ったことを思い出す。

あのとき、どうして彼はあの場所にいたのだろうか。

当時よりも親しくなった今だったら、教えてもらえるかもしれない。

「私がルーヴェル様の支えになれているなら、これ以上嬉しいことはありませんわ」

「これからもどうか、ルーヴェル様をよろしくお願いします」

「ふふ、精進いたします」

花束のお礼を伝えて渡り廊下へと踵を返せば、ふと人影が視界に映った。

渡り廊下の向こう、本邸から中庭へと繋がる入り口に立っていた場所に、ちょうど今名前を聞いたばかりの人物――ルーヴェル様の姿が見える。

正装に近い出で立ちに、上着を手に持っている様子を見れば、先程までどこかに出かけていたのだろう。

後ろには相変わらずルーヴェル様にぴたりと付き従っているバートの姿もあった。

先程までの話を思い出して、少々照れくさい気持ちになりながらも、浮かれたように彼の元へと歩み寄る。

「ルーヴェル様、おはようございます」

「……ああ」

笑顔で告げた挨拶に返ってきたのは、なぜか強張った表情と硬質な声だった。

まるで初対面に戻ってしまったかのような堅苦しい態度に、つい首を傾げてしまう。

「何かございましたか？」

「……いや、なんでもない」

彼はそう短く言い放つと、踵を返して邸の中へと戻っていく。

一瞬取り残されるようになったバートは、ルーヴェル様の背中と私を焦るように交互に見やったあと、こちらに深く頭を下げてとルーヴェル様を追いかけて行った。

小さくなっていく二人の後ろ姿を、呆然と見送る。

「何かあったのかしら」

一人取り残された渡り廊下に、ぽつりと零れた独り言が響く。

ルーヴェル様が踵を返したとき、その顔は苦しそうに歪められているようにも見えた。

先程庭師の青年に聞いた限りでは、今朝の彼は上機嫌な様子だったというし、午前の公務で何か辛いことがあったのかもしれない。

そんなことを考えながら廊下の先を見つめていれば、不意に白百合の香りが鼻先をくすぐった。

腕の中には、凛と咲く大輪の白百合と、それを包み込むように咲く淡い黄色の小花が、小さく風に揺れている。

「……話を聞くくらいだったら、私にもできるかしら」

私達をイメージしてくれたという花束に、小さな勇気を分けてもらう。

――この花のように、彼を支えられる存在になりたいわ。

そんなことを胸中で呟きながら、頂いたばかりの花束に顔を埋めるのだった。

「失礼いたします」

自室に花を飾った後に、真っ直ぐルーヴェル様の執務室を訪れた私は、意外にも丁重にもてなされた。

日中公務の時間にお邪魔してしまったため、体よくあしらわれることも想像していたが、ちょうど休憩を取ろうとしていたところだと、あれよあれよという間にお茶とお菓子が並べられていく。

集中力が切れては何事も進みませんからねと語りながら準備を整えたバートは、深々と頭を下げると足早に部屋を去って行った。

二人きりになった私たちは、テーブルを挟んで向かい合うように長椅子に腰を下ろす。

やはり落ち込んでいるのか暗い表情をしたルーヴェル様は、何度もお茶を口に運びながらも、一向に口を開こうとしなかった。

そんな彼を前にして、どう話を切り出そうかと逡巡していると、ぽつりと小さな呟きが耳に届いた。

「何をしていた」

その言葉に首を傾げれば、視線だけをこちらに向けた彼と目が合う。

「……あのとき、庭園で何をしていたんだ」

彼の言葉に、つい目を瞬かせてしまう。

あのとき――彼の言う『あのとき』について思考を巡らせた。

ルーヴェル様と庭園で会ったのは、庭師の青年たちと言葉を交わし、花束を受け取ったあと、部屋に飾りに戻ろうと振り返ったところだった。

「花束を頂いて、部屋に飾りに行こうとしていたところでした」

「そうか」

彼も目にしただろう状況のはずなのに、私の返答を耳にした彼は、ふいっと顔を背けると深い溜め息を吐く。

その不可解な行動を見つめていれば、しばらく黙り込んでいた彼は、その眉間に深い皺を刻んだ。

「……アイツとは、随分親しげだったな」

低く呻くようなその言葉に、思わず目を見開いた。

――これはもしかして……嫉妬されている？

自惚れた思考ながらも、そう仮定すれば彼の行動にも納得がいく。

ルーヴェル様は、私と庭師の青年とのやりとりに嫉妬していた。

そう考えると、顔を背けて組んだ脚に頬杖をついて口元を隠している彼の姿が、なんだか拗ねているようにも見えて、口元が緩みそうになる。

嫉妬をさせてしまったことは申し訳ないのに、その誤解がなんだか私に対する独占欲を示してくれているようで、どこかくすぐったいような高揚感が込みあがってきた。

「その……ありがとうございます」

「なに？」

戸惑うように目を細めたルーヴェル様は、訝しむような視線をこちらに向ける。

その視線すらもむずがゆいような心地で、火照る頬を押さえながら言葉を続けた。

「ええと、嫉妬してくださったんですよね？　それほどルーヴェル様に関心を持っていただけたことを、嬉しく感じてしまいまして。それに、なんだか本当に夫婦となった実感が湧いてきた気がします」

照れくささから語尾をもごもごと口籠もりながらもそう告げれば、呆けたように口を開いた彼と目が合った。

首を傾げた私に、しばらく沈黙が漂った後、呆れたような深い溜め息が響き渡る。

溜め息の主であるルーヴェル様は、顔を覆いながら天を仰ぐと、長椅子の背もたれに背中を預けた。

「……なんでそうなる。我が国の貴族女性ならば、普通は浮気の正当性を主張すべきところだろう」

「浮気の正当性、ですか？」

「聖母教の教えに守られた我が国の女性には、その権利が与えられているからな」

そう口にした彼は、静かに座り直すと空になったカップをその手で弄ぶ。

確かに彼の言うとおり、近年社交界では貴族女性たちの浮気は女性の権利であるという暗黙のルールが浸透しつつあった。

しかし、それは社交界全体の風潮であり、個人個人の考えを縛るものではない。

「たとえ権利を与えられたとしても、それを望むかどうかは自由だと思います。少なくとも私は、ルーヴェル様以外の男性と関係を持つつもりはありません」

私の言葉に目を細めた彼は、何かを言かけて口を開いたものの、躊躇するようにその顔を背けてしまった。

「……口でなら、なんとでも言える」

ぽつりとそう漏らした彼の横顔は、酷く苦しそうに見える。

「どんなに男性が努力して尽くしても、教義のもとに一方的な裏切りも正当化されてしまう。……だから聖母教は嫌なんだ」

呻くようなその言葉を耳にして、ようやく彼の真意に気付いた。

聖母教に疑問を抱き、『嫌われ公爵』と悪評を立てられても尚も反発する姿勢を隠さなかったルーヴェル様。

彼がこれまで追い求めていたものは、つまり――。

「ルーヴェル様は、自身を唯一とする相手を求めていらっしゃったんですね」

私の言葉に、彼は大きく目を見開いた。

しばらく何かを言おうと口を動かしていたものの、やがて腹を括ったように深い溜め息を吐けば、項垂れるようにして額を押さえる。

「……大体おかしいだろう？　夫婦として対等の関係を結んだはずなのに、性別の違いでどうして一方的に裏切られなければならない」

恨み言のようなその言葉に、つい深く頷いてしまう。

「その通りだと思います。恋人でも夫婦でも、一方的に蔑ろにされるのはつらいですから」

自分自身としても第三王子の浮気に迷惑を被った立場だし、前世で読んだ恋愛小説や乙女ゲームの内容を思い浮かべても、やっぱり浮気は不幸しか生まない気がしていた。

悪役令嬢も散々な断罪を受ける役回りだったが、浮気をした婚約者だって相応の報復を受ける場合も多かったはずだ。

しみじみと同意を返した私を見て、ルーヴェル様は戸惑いがちに口を開いた。

「……それはどういう意味だ、私の望みを知っても尚、受け入れられると？」

普段とは違う自信なさげな声に、虚を突かれてしまう。

ルーヴェル様の抱えていた悩みが、自分にも叶えられることを知って、喜びにふわふわと浮かれたような心地になった。

「もちろんです。お任せください！」

胸元を叩きながら断言する私に向かって、ルーヴェル様は訝しむように眉根を寄せる。

「……今後一切、私以外の男に気を許さないでほしいと言っているんだが、理解しているか？」

「当然です。先程も言いましたが、私はルーヴェル様の妻ですから、浮気なんてするつもりはありませんのでご安心ください」

そう宣言しながらルーヴェル様の顔を見つめ、ハッと今更ながらの事実に気付いた。

「……先程までの会話で思い上がっておりましたが、どちらかといえば私のほうが浮気を心配するべき立場ですよね？　ルーヴェル様は人並み外れた美しさをお持ちですし、領民たちの信頼も厚く、浮気なんてしようと思えば簡単に――」

「どうしてそうなるんだ……」

ルーヴェル様は、呆れたように渋面を作る。

「私は、相手を裏切るような真似はしない。自分を慕っている者を蔑ろにし、貶めるような真似は決してしないと誓っている」

そう告げた彼は、真っ直ぐこちらを見据えた。

その強い口調に目を丸くしていれば、彼はばつが悪そうな様子で視線を逸らす。

「……貴様は、もう少し自覚をしたほうがいい」

心当たりがなく首を傾げた私に、ルーヴェル様はじとりと視線を向けた。

「我が国の風習がある限り、期待をする者が出てくるかもしれないだろう。その、身分の高い女性の手付きになることを望む者が存在することくらい私でも知っている」

大きく溜め息を溢した彼は、苛立つように頭を掻いた。

「中庭の件だって、花束を受け取るだけならあれほど親しげに話す必要もないはずだ。顔を寄せて間近で笑顔を見せるなんて、相手が期待したらどうするつもりだ」

「ああ、あれは――」

「なんだ、言い訳でもあるのか」

私の口にした言葉に、ルーヴェル様はギュッと眉間に皺を寄せた。

「ルーヴェル様の秘密を教えていただいていたんです」

私の返答に、二人きりの空間がしんと静まり返る。

唖然とした表情を浮かべた彼の姿に、日中教えていただいた話を思い返して、ふっと頬が緩んでしまった。

「ルーヴェル様は、落ち込むことがあると庭園に向かわれるのでしょう？」

「なっ⁉」

「最近姿を見かけることが減ったのは喜ばしいことだけど、庭師としては少し寂しく感じていると話されていました」

己の秘密を知られた恥ずかしさからか、ルーヴェル様はその顔を真っ赤に染めている。

「ちなみに、頂いた花束は、私達をイメージして作ってくださったそうです。部屋に飾ってきましたので、戻られたらぜひご覧いただきたいです」

私の言葉に、彼は何かを堪えるように唇を引き結ぶと、その顔を俯けるようにして深い溜め息を吐いた。

「……己の狭量さが嫌になるな」

「私の行動も問題があったと思います。今後はより一層、行動に気を付けていきますね。意図していないとしても、ルーヴェル様に心配をおかけしたくありませんから」

そう言いながら微笑みかければ、向かいに座る彼は静かに目を細めた。

「……クローディア」

不意に呼ばれた名前に返事をすれば、こちらを真っ直ぐ見つめた彼が小さく頭を下げる。

「己の勘違いから、不快な思いをさせてしまい申し訳なかった」

その生真面目な様子に、思わず笑みが零れてしまう。

「不快な思いなどしておりません。先程も申し上げた通り、私は嫉妬していただけたことについては、嬉しく感じてしまいましたし、もしどうしても気がかりなのであれば、庭師の方々を労ってさしあげてください。皆さま、心からルーヴェル様を慕われていらっしゃいましたから」

笑顔でそう告げれば、ルーヴェル様ははにかむように微笑み返してくれる。

その笑顔を見ていれば、ふと小さな疑問が脳裏をかすめた。

——もし前世の記憶が無かったら、彼との関係はこれほどうまくいっていたのかしら。

初めて出会ったとき、ルーヴェル様の応対に違和感を抱かなかったのは、自分が悪役令嬢だと知っていたからだ。

彼の顔立ちを好ましいと思ったのも、前世で女性向け恋愛ゲームの記憶があったから。

そして先程、自身を唯一とする相手を望むルーヴェル様の考えに共感できたのも、浮気を悪とした前世の印象が強く残っていたからだった。

ふと見れば、柔らかな表情を浮かべる彼の姿が目に映る。

まるで私に心を許しているようなルーヴェル様の様子を見て、彼に言えない秘密を抱えていることに、胸の奥がちくりと痛むのだった。

四章　王城からの招待状

「ん、っ……ぁ」

薄暗い室内に、くぐもった己の声が響く。

ナイトドレスは既に脱がされ、裸のままベッドの上にうつぶせにされた私は、彼の手に腰を掴まれ激しく腰を打ちつけられていた。

今夜の交わりが始まって、もうどれくらい時間が経ったかわからない。

彼によって与えられる刺激に何度も達せられ、ぐちゅぐちゅと泡立つ蜜壺には、何度も彼の精が注がれている。

二度目の夜の営みを終え、同じ部屋で寝起きするようになってから既に一ヶ月。

あれ以来、月のものが訪れたとき以外は、連日身体を重ねる日々が続いていた。

一度行為が始まれば、私が意識を手放すまで終わらないため、正直毎日のように文字通り抱き潰されているというのが現状だ。

一回きりだった初夜での淡白ぶりが嘘のような豹変（ひょうへん）ぶりに驚きながらも、何度も名前を呼ばれ丁寧に扱われれば、まるで長年の愛を注がれているかのような錯覚に陥ってしまう。

毎晩のようにルーヴェル様の手によって何度も高みに昇らされ、溢れんばかりの精を注がれているために、最近では日中の読書中にうつらうつらしてしまうことも増えてしまっていた。

「あぁっ！」

熱棒が最奥を穿ち、内壁を押し広げるたびに、あられもない嬌声が上がる。

彼の手に胸の先を強く摘まれ、甘く痺れるような感覚が背中を走り、腹の奥が切なく疼いた。

蜜を纏った敏感な粒を押し潰されると、強すぎる刺激に視界にちかちかと星が飛ぶ。

「ひぁっや……ぁ、あぁあっ！」

何度も達した身体は、与えられた刺激の全てを拾い上げてしまう。

口端からは意味を持たない嬌声ばかりが漏れ、室内には卑猥な水音ばかりが響いた。

——ルーヴェル様、もしかして十八禁乙女ゲームの攻略対象だったの⁉

そんなことを胸中で叫ぶものの、何度も押し寄せる溺れそうなほどの快楽の波に、あっという間に思考を呑みこまれていく。

背筋を駆け昇るようにしてせり上がってきたそれに身を委ねれば、がくがくと震える身体を支えるように彼の腕に強く抱き込まれた。

苦しいほどに抱き込まれる腕から彼の熱を感じながらも、内側に注がれる熱い飛沫(しぶき)を感じて、今夜もまた眠るように意識を飛ばしたのだった。

＊・＊・＊

昨夜も遅くまで身体を繋げたせいで、遅い起床となってしまった私が彼の執務室を訪れたのは、陽も高くなってからだった。

朝の支度に訪れたマチルダからルーヴェル様の執務室へ向かうようにと告げられ、何かあったのだろうかと不思議に思いつつも身支度を整えた後に執務室の扉を叩く。

許可を得て執務室に足を踏み入れれば、昨夜ぶりのルーヴェル様の姿があった。

きっちりと胸元まで留められたシャツにクラバットを巻き、ウェストコートを着用していることから、恐らく今日はどこかで人と会う予定でもあるのだろう。

長椅子に座るように言われて腰を下ろせば、人払いをされて執務室は二人きりの空間になった。

向かい合うように座った彼は、手にしていた一通の封筒をすっとテーブルの上に差し出した。

そこには『クローディア・ハウザー』と、私の名称が記されている。

手に取って差出人を確認するために裏返すと、見覚えのある封蝋(ふうろう)に背中に冷たいものが走った。

そこに押してあったのは『王家の印璽』だった。

「舞踏会、ですか？」

「ああ、招待状が届いている」

予想外の言葉に、思わず目を瞬かせた。

「……中を確認しても？」

「クローディア宛のものだ。確認するといい」

ルーヴェル様の言葉に頷き返すと、ゆっくりと中身を確かめる。

王家の印璽があるということは、王命に近いものが封入されていることだろう。

私とルーヴェル様の婚姻は、私という悪役令嬢を追放したいがために、王家から両家へと命じられたものだ。

婚姻が成された今、一体何の用があって王家から便りが届くというのだろうか。

恐る恐る封筒を開き、封入されていたものに目を通せば、その内容にほっと安堵の息を漏らした。

封入されていたものは、来月に開催される王家主催の舞踏会への招待状だった。

「王宮舞踏会への招待状のようです」

「やはりそうか」

身構えていた分、拍子抜けの内容に肩の力が抜ける。

それでも何かしらの意図が隠されているのではと何度も読み返していれば、正面に座る彼は、静かにもう一通の封筒を取り出した。

「私宛にも届いていた。『今回は必ず来るように』と念押しの一筆付きでな」

そう告げるルーヴェル様は、苦々しげな表情を浮かべる。

年に数回開かれる王宮舞踏会は、国内全ての貴族に招待状が届く大規模なものだ。

ハウザー公爵家に嫁ぐ前は毎年のように参加していたし、どうしてそんな表情を浮かべるのだろうかと首を傾げていれば、こちらの視線に気付いたルーヴェル様はバツが悪そうに視線を逸らした。

「この五年近く、社交ごとについては散々断っていたからな」

その呟きに、ようやく彼が『嫌われ公爵』と呼ばれていたことを思い出す。

ここに嫁いでくる前、『嫌われ公爵』の情報を集めようとしても、容姿について全く知り得なかったのは、彼が社交の場に姿を見せていなかったことが原因だった。

いくら貴族女性が悪評を立てようとも、社交界に顔を出してさえいれば、現在のように社交界全体から後ろ指を指される事態にはならなかっただろう。

「ルーヴェル様は、どうして長年の間、社交ごとお断りになっていたのですか？」

「……嫌だろう、聖母教を笠に着た女たちに群がられるのは。若い頃は散々迷惑を被ったし、鬱陶しいことこの上なかった」

確かに、公爵家の生まれで美しい容姿を持つルーヴェル様は、貴族女性からすれば喉から手が出るほどにほしい相手だったのだろう。

そんな想像をしてしまうと、心の奥がもやもやと落ち着かない気持ちになる。

「ルーヴェル様はきっと昔からお美しかったのでしょうね。私のデビュタントが四年前でしたから、お会いできなかったのが残念です」

「……そうだな」

小さく言葉を返したルーヴェル様は、手に持っていた封筒に視線を落とした。

「念を押されてしまった以上、今回ばかりは断るわけにもいかない。夫婦そろって参加するようにとお節介な一言もあったが、貴様が行きたくないのであれば断ってしまって構わない。私が行けば、あちらも満足だろうからな」

そう口にした彼は、顔を上げると真っ直ぐこちらを見つめた。

「第三王子の都合で、無理やり私に嫁ぐよう命じられたんだろう？　そんな王家からの招待に、無理して応える必要はない」

王家に対する怒りを滲ませるような低い声に、彼の優しさを感じ取ってしまう。

自分だって王都を追放された悪役令嬢を押し付けられたはずなのに、私の立場に立って怒ってくれている彼の行動が、どうしようもなく嬉しく感じていた。

自分たちの都合で追い出しておいて、王城での舞踏会の招待状を送ってくる王族に憤りは感じるものの、私が参加しないという選択をしたとして、ルーヴェル様は一人でも参加せざるをえない。

長年社交の場に姿を現さなかった『嫌われ公爵』が王宮舞踏会に姿を現わせば、好奇の目に晒されるのは明らかだ。

追放された悪役令嬢である私も似たようなものかもしれないが、私が同行することによって、少しでもルーヴェル様に向けられる好奇の目を逸らすことができるのならば――。

「……行きます」

私の返答に、ルーヴェル様はぴくりと眉を動かす。

「ハウザー公爵夫人としての正式なご招待ですし、ルーヴェル様の妻として社交を全うさせていただきたいです」

たとえ悪役令嬢だと後ろ指を指されようとも、ルーヴェル様の役に立てるのならば本望だ。

貴族の妻として求められる仕事は、跡取りを産むことと社交の繋がりを広げること。

王家主催の王宮舞踏会は国内で一番大きな社交の場であるし、その場で繋げられる人脈は少なくないだろう。

それに、悪名高い『嫌われ公爵』がパートナーを伴わずに王宮舞踏会に参加するとなれば、新たにどんな悪意ある噂を立てられるかわからない。

そんなことは公爵という立場を持つ彼ならばすぐに理解できるはずなのに、それでもなお断るという選択肢を提示してくれたルーヴェル様には、絶対に嫌な思いはしてほしくなかった。

「……アイツもいると思うが」

ふと溢された彼の言葉に、首を傾げる。

「アイツとは？」

誰のことかわからず聞き返せば、苦虫を噛み潰したような表情を浮かべた彼が低く呟く。

「……元婚約者の第三王子だ」

しばらく目を瞬かせたのちに、ようやく該当の人物に思い至った。

「ああ！　第三王子」

彼の言葉に、ようやくその存在を思い出す。

ここ最近、ルーヴェル様との夫婦生活が濃厚すぎて、自分がここに嫁いできたきっかけなんて、すっかり記憶の彼方へと忘れ去っていた。

「王宮舞踏会に王族は必ず出席する。今回は時期的にも、奴の新しい婚約者を披露するためのものになるだろう」

「確かに、あれから三ヶ月近くになりますし、王宮舞踏会はちょうどいい場かもしれませんね」

つまり私がルーヴェル様の妻となってから、三ヶ月近く経っていることになる。

時の流れの速さに驚きながらも、初対面のときはツンとしていたルーヴェル様が、今こうして目の前に座って言葉を交わしてくれていることに、なんだか口元が緩んでしまう。

これまでのことを嬉しく振り返っていれば正面の彼は怪訝な様子で眉を顰めた。

「……元婚約者だろう？　気にはならないのか？」

「え、ああ……まあ、そうですね。ほどほどに」

彼の言葉に、慌てて言葉を濁す。

正直元婚約者については、現在に至ってもぽっかり記憶が失われているために気になりようもない。

――第三王子の名前、何だったかしら？

死の淵から戻ってからも何度か耳にしたような気もするが、特に興味もなかったためか、それすらも思い出せないくらいだった。

しかし、婚約破棄をされた相手のことを全く気にならないと断言してしまえば、さすがに疑惑の目を向けられてしまうだろう。

ちらりと正面を見れば、こちらを窺っていた相手と目が合う。

一瞬ルーヴェル様に記憶の欠落を相談するべきかと迷ったが、その場合、これまで彼と親しくなったきっかけである前世の記憶についても話さなければならなくなる。

せっかくここまで順調に築いてきた関係を、取るに足らない些事（さじ）のせいで崩してしまうのは、もったいない気がして口を噤（つぐ）んだ。

第三王子も追放までした元婚約者に今更近寄ってきたりはしないだろう。

己の記憶の欠落よりも、ルーヴェル様に前世の記憶を知られることを恐れている自分の思考に、思わず苦笑を漏らしそうになる。

私の表情の変化をどう思ったのか、正面に向かう彼は、表情を硬くしながらゆっくりと口を開いた。

「無理はしなくていい。長年婚約関係にあった相手だろう。多少の未練が残っていたとしても……私は、気にしない」

視線を俯けてしまった様子を見れば、その言葉が本心でないことは明らかだった。

自分を唯一としてほしいと望む彼が、心にもない発言をしたのは、私の気持ちに寄り添おうとしてくれたのだろう。

そんな優しさが嬉しくて、つい目を細めてしまう。

「未練なんてございません。私は貴方の――ルーヴェル様の妻ですから」

私の言葉に、ゆっくりと彼は顔を上げた。

戸惑うような相手の顔を見て、艶やかに微笑みかける。

「社交についても、どうぞご安心ください。貴族令嬢として社交界に身を置いておりましたので、周囲のあしらい方は心得ております。好奇の視線だろうが悪意ある言葉だろうが、軽く跳ね除けてご覧にいれますわ」

幼い頃から王族の婚約者として淑女教育を受けていたため、社交については自信がある。

今回の舞踏会への参加についても、王家を避けて見合わせるより、二人で参加してルーヴェル様との円満な関係を披露することが、互いの名誉回復に一番だということを理解していた。

「しかし――」

「もし私のことを心配してくださるのなら、どうか舞踏会の場で、円満な夫婦のように振る舞ってください。そうすれば、周囲にも元婚約者に未練などないことをご理解いただけるはずです」

淑女の笑みを浮かべた私を見て、ルーヴェル様は困ったような笑みを浮かべた。

「今更、特に振る舞いに気を付けることもないだろう。……現に私たちは、正しく円満な夫婦なのだから」

その言葉に、うっかり頬が熱を持つ。

「べ、別に深い意味はないからな」

ルーヴェル様も私につられたのか、慌てて顔を背けてしまった彼の耳はほんのり赤く色づいていた。

私を妻として認めてくれた彼の言葉に、勇気を分けてもらったような気持ちになる。

「折角ですので、ルーヴェル様の『嫌われ公爵』の汚名も晴らしてしまいましょう。ハウザー公爵夫人として、一仕事させていただきます」

「いやそれは――まあ、もういいか」

胸を張った私に、彼はなぜか戸惑いながら苦笑を返した。

「お任せください。ルーヴェル様の五年ぶりの王宮舞踏会、華々しいものにしてご覧にいれますわ」

「……ほどほどで頼む」

その美しさと有能さを隠してしまうなんてもったいないと熱く語れば、ルーヴェル様はほんのりと顔を赤らめながら夫をからかうんじゃないと声を上げた。

二人きりの部屋に、くすぐったくも温かい空気が流れる。

そんな和やかな時間が、自分たちが確かに正しく円満な夫婦であることを教えてくれているように感じられたのだった。

＊・＊・＊

カタカタと揺れる馬車の中で、沈みゆく夕日を眺める。

窓の外から見える王都の町並みには、夕闇が深まるにつれて一つ二つと明かりが灯り始めていた。

三ヶ月ぶりに目にした王都の町並みは、どこか他人行儀でよそよそしく感じられる。

きっとそう感じるほどに、ハウザー公爵領に私が馴染んでいたのだろう。

ハウザー公爵領を出発し、王都入りをしたのは昨日のこと。

公爵邸から直接王城へ向かうには時間がかかりすぎるため、前日入りをすることになった私たちは、バートとマチルダ、他数名の使用人を連れて、王都にあるハウザー公爵家の別邸にお世話になることになった。

本邸よりも少々こぢんまりとはしていた別邸は、やはり全員が若い男性使用人だったが、本邸の使用人たち同様に温かく迎え入れてくれた。

別邸で一夜を明かし、それぞれの支度を調えた私たちは舞踏会当日、玄関ホールで落ち合う約束をしていた。

玄関ホールから伸びた階段が左右に続くという本邸と同じ造りの上階に立てば、扉の前に立つルーヴェル様の姿が見える。

いつもは緩やかにまとめてある銀色の髪をきっちり整え、金糸と銀糸の織り交ざった刺繍が施されたジャケットに、空色の宝石をアクセントにしたクラバットピンを止めているその姿は、まるで絵画から抜け出してきた王子様のようだった。

初めて会ったとき、思わず放心してしまったのがつい昨日のことのように思い出される。

——そういえば、初対面でつい『王子様』と口走ってしまったわね。

初めて彼の容姿を目にしたときは、ただただ驚くばかりだった。

公爵邸で暮らし始めて、聖母教の浸透した我が国で『嫌われ公爵』と呼ばれてしまう彼の一面を垣間見（かいまみ）つつも、婚姻を結び夫婦となってからは、言動から滲み出る彼の優しさに心惹かれるばかりだった。

これまでの出来事に想いを馳せながら小さく息を整え、玄関ホールへと続く階段へと足をかける。

一歩踏み出せば、私の動きに合わせてドレスの裾が広がった。

王宮舞踏会のためにルーヴェル様が用意してくれたドレスは、王都の一流デザイナーのものと比べても遜色のないほどに美しく華やかなものだった。

控えめな白の生地に青銀色の装飾が施され、裾にかけて入った斜めドレープには細やかなレースがいくつもあしらわれている。

二十六歳の美丈夫の横に並んでも違和感のない、幼すぎず大人びすぎてもいないデザイン。

このドレスを仕立てたのはやはりギル様なのだろう。

公爵邸に戻ったら一番に御礼を伝えなければと思いながらルーヴェル様のほうへと視線を向ければ、ちょうど彼もこちらを見上げていたようでぱちりと視線が合った。

目が合った彼が、ふっとその目尻を下げる。

初めて見るような柔らかい表情に、急に体温が上がったように頬が熱くなった。

階段を下り、扉の前に立つルーヴェル様の元へと向かい合うと、ドレスの裾を広げるようにして淑女の礼をとる。

「ルーヴェル様、今夜はどうぞよろしくお願いいたします」

改めて挨拶をすれば、向かい合う彼も正式な礼で応えてくれた。

「こちらこそ。長いこと社交の場から離れていたから、何かあれば適宜助言をもらえると助かる」

「どうぞ、お任せください」

笑顔を返しながら、自信を滲ませた。

悪役令嬢として王都を追放された身ではあるが、社交マナーや慣習についてはしっかりと記憶に残っている。

伯爵令嬢として、元王族の婚約者として、これまで教育を受けてきた知識がきっと役に立つはずだ。

そうして馬車に乗り込んだ私たちは、夕闇に包まれる王都の中を、王城を目指して進んでいた。

石畳の道を走る馬車は、小さな音を立てながら進む。

緊張からか口数の少ないルーヴェル様の向かいに腰を下ろしながら、馬車の窓から街並みを見つめていれば、ふと懐かしい記憶を思い出した。

——そういえば、淑女教育の日は、この道を通って登城していたわね。

名前も思い出せない第三王子と婚約したのは、十二歳の頃。

彼の婚約者となった私は、王族の婚約者となった日から婚約破棄を告げられるまで、淑女教育という名目の下、社交マナーや心得を学ぶために王城へと通っていた。

淑女教育が始まってしばらく経った頃、その辛さから王城の隅にある庭園に逃げ込んだことがある。

幼い頃のおぼろげな記憶だが、自分の不甲斐無(ふがいな)さに落ち込み塞ぎこんでいたとき、突然現れた花の精が励ましの言葉をかけてくれた。

まるで白昼夢を見たかのような思い出だが、周囲の花たちが私を勇気づけようと人の形として姿を現してくれたのだと思って、嬉しく感じたことを覚えている。

蘇った懐かしい想(おも)い出に、つい顔が綻んだ。

『そんなふうに想われる、相手は幸せ者だな』

花の精が語ってくれたあのときの言葉に、どれほど救われたことかわからない。

婚約したばかりの幼い私は、誰かに自分の努力を認めてもらいたかった。

あのときの一言があったからこそ、私は第三王子の婚約者として努力できたのだと思う。

そんな過去を思い出して、改めて唇を噛みしめた。

――私が、ヒロインに嫌がらせをするはずがない。

王族の婚約者として、一切の瑕疵(かし)がないようこれまで常に清廉潔白を心がけてきた。

第三王子に告げられた男爵令嬢に対する嫌がらせは全くのでっち上げだが、社交界では己の地位を守るための情報操作は常套手段(じょうとうしゅだん)だ。

常に権力争いの絶えない貴族社会において、罪を捏造(ねつぞう)された場合、貶められた側にも油断や隙があったと見なされる。

――追いやったはずの私が『嫌われ公爵』と幸せそうにしていれば、第三王子はさぞ不快でしょうね。

今日の王宮舞踏会で、彼とヒロインは間違いなく登場してくるだろう。

そんな二人と接触すれば、何が起こるか予想がつかない。

ルーヴェル様の妻として、ハウザー公爵夫人として、初めての社交の場で問題を起こしたくはなかった。

――第三王子らしき人物は避ける。ヒロインらしき令嬢にも関わらない。

そう心に決めると、両手にぐっと力を入れて顔を上げる。

向かいには、馬車に揺られながら窓の外へ視線を向けるルーヴェル様の姿があった。

「ルーヴェル様」

「……なんだ」

名前を呼ばれた彼からは、気だるげな声が返ってくる。

長年『嫌われ公爵』と悪評を立てられていた彼にとって不安も大きいことだろう。

そんな彼に少しでも頼ってもらえればと、私は力強く己の胸元を叩いた。

「この度の王宮舞踏会、絶対に成功させましょうね。社交界のやりとりについてはどうぞ私にお任せください」

私の言葉に、瞬きを繰り返すルーヴェル様に向かって、大きく頷いて見せた。

「大丈夫です。ルーヴェル様には私がついておりますから」

にっこりと微笑みかければ、面食らったように瞬いたルーヴェル様は、ふっとその頬を緩めると小さな笑い声を上げた。

「ああ、頼りにしている」

「はい！」

ルーヴェル様に頼られたことが嬉しくて、思わず声が弾んでしまう。

今は過去自分を陥れた相手についてあれこれ考えるよりも、今夜をどう乗り切るかを考えよう。

——必ず成功させて、『嫌われ公爵』の悪評を払拭してみせるわ。

心の中でそう宣言すると、膝上に置いた両手を強く握りしめたのだった。


王城に到着したのは、幸運にも、少し人混みが空いた時間帯だった。

ルーヴェル様の手を借りて馬車を降り、エスコートされながら、舞踏会の会場となる大ホールへと進んでいく。

その間にも、すれ違う貴族令嬢や貴婦人の視線が、彼の姿に釘付けになっている様子が視界に映った。

周囲のざわめきに、隣に立つルーヴェル様をちらりと見上げる。

「ルーヴェル様、大人気ですね」

「……こちらに向けられる視線のことであれば、不快なことこの上ないが」

うんざりした声音と共に、彼の眉根に思いっきり皺が寄った。

その様子を見て、ふとした提案を思いつく。

「もし貴族女性からの視線が気になるようであれば、少しは減らすこともできますが」

「どうやって」

「難しければ断っていただいて構わないのですが、私の腰に腕を回していただくことは可能ですか?」

声を潜めながらの問いに、僅かに片眉を上げた彼は小さく口を開く。

「何のために?」

「数年前からの流行でして、周囲に親密な間柄であることを示すために、より密着したエスコートをする方が増えています。私達もそちらのエスコート方法にすれば、より親密に見えますし、ルーヴェル様のおっしゃる不快な視線も多少は減らせるかと思いまして」

周囲を見渡し、密着型のエスコートをしている婚約者同士や、自分に向けられている視線を目の当たりにしたらしい彼は、嘆息すると引き寄せるように私の腰に腕を回した。

その力が強すぎて一瞬バランスを崩した私の身体を、彼の腕が支えてくれる。

図らずしも公衆の面前で抱きしめられるような状態になってしまったことで、周囲の貴族女性たちは見てはいけないものを見てしまったかのように目を逸らしてくれた様子だった。

「少々予定外でしたが、ご覧のとおり不快な視線は減らせたかと」

そう口にしながら、彼の胸元を小さく叩けば、小さな咳払いが聞こえてくいる。

「……すまない、少々加減を間違えた」

申し訳なさそうに頭を下げた彼は、その手を腰元に据えて正しい密着型のエスコートの姿勢をとった。

——思っていた以上に、近いものなのね。

ぴたりと身体が触れるような予想外の密着具合に内心照れくさく感じていれば、すぐ近くからルーヴェル様の声が降ってくる。

「これほど密着しても破廉恥な行為にあたらないのか？　昨今の聖母教はどうなっている」

「もちろん女性が拒否すれば触れられることもありません。腰に腕を回すエスコートは近年広く浸透しつつありますので、このエスコート自体が破廉恥な行為と思われることはないと思います」

「……それなら、貴様も他の男から触れられるということではないのか」

その言葉に、思わず隣の相手を見上げれば、不満がありますと顔に書いてあるようなむすっとした表情を浮かべたルーヴェル様が、こちらを見下ろしていた。

わかりやすい嫉妬の言葉に、小さく笑い声を漏らしてしまう。

「おっしゃるとおりですが、ルーヴェル様がお嫌であれば、もちろん他の男性からのお誘いはお断りいたします。私は貴方の妻ですから」

そう告げると、心なしか腰に回されていた腕に力が込められた気がした。

「――い」

「え？」

周囲の喧騒に途切れた彼の言葉を聞き返せば、睨むような視線がこちらに向けられる。

「断ってほしい。私は、己の妻を他の男に触れさせたくない」

予想外の断言に、じわじわと体温が上がっていく気がした。

「もちろんです。以前お約束した通り、私はルーヴェル様の妻として、貴方以外の男性に気を許すことはありません。それに――」

安心してほしいと、相手を真っ直ぐに見つめて、にっこりと微笑みかける。

「私に、複数の愛なんて要りませんから」

彼の望む返答をしたつもりだったが、私の言葉に返ってきたのは、虚を突かれたように目を瞠った彼の姿だった。

「？　どうかしましたか？」

私に声にハッと我に返った彼は、曖昧な笑みを浮かべる。

「なんでもない」

そう口にした彼は、ふいっとこちらから視線を逸らし、まるでこれ以上は口を開かないと言わんばかりに大ホールへと向かう足を速めてしまった。

「ハウザー公爵家、ルーヴェル・ハウザー様。並びにクローディア・ハウザー様、ご来場です」

家名と名前が読み上げられた瞬間、賑やかだった会場内は瞬時に静まり返った。

並んで一礼をした私たちは、会場中の好奇の視線が刺さる中を密着型のエスコートで進んでいく。

既に会場内に到着していた貴族たちからは「あれが『嫌われ公爵』か」「男爵令嬢を貶めた第三王子の元婚約者よね？」と密かに囁き合う声が聞こえてきた。

「……嫌な感じだな」

私にだけ聞こえるように隣の彼が囁いた正直な感想に、思わず笑い声を漏らしそうになってしまう。

「こんなときこそ笑顔ですわ。社交界に身を置く貴族は皆、周囲を値踏みしています。己の利になる相手か、御しやすい相手かなど思惑は様々ですが、こちらの益にならない相手であれば、気にしないことが一番ですわ」

そう囁き返しながら見本になるかと、にこりと笑顔を作って見せれば、こちらを確認した彼は笑顔を作ろうとしたのか、僅かに口端をひくつかせた。

その不器用な表情の変化にふふっと笑い声を溢せば、ほんのりと頬を赤らめたルーヴェル様に、からかうなと咎められる。

こんな我々のやりとりを見せていれば、周囲も私たちの円満な関係を悟るだろう。

ルーヴェル様が『嫌われ公爵』と呼ばれるきっかけとなった『女性に対する扱い』が変化したこと

を印象付けるには、ハウザー公爵夫妻が円満であることを見せつけることが最も効果的だ。

社交界でのルーヴェル様の地位向上のため、今日の舞踏会では己の存在を積極的に利用することを心に決めていた。

私に対する彼の柔和な態度を目の当たりにした周囲は、既に戸惑い始めているように見える。

この調子で、ルーヴェル様の印象を好転させていこう。

そもそも見た目はこれ以上なく整っており、公爵という高い地位を持ち立派に領地を治めている彼は、貴族女性の理想の貴公子そのものなのだ。

現に初めて彼の姿を目の当たりにしたらしい貴族令嬢たちは彼の姿に見惚れているように見えるし、完璧なエスコートをこなす彼を見て、以前の彼を知る貴婦人たちも興味深そうにチラチラと視線を向けている。

「ルーヴェル様、いい感じです」

「は？　なにがだ。意味がわからん」

心底意味が分からないといった彼の反応に笑い声を溢しながら、そっと彼の胸元に頭を寄せる。

そのまま隣を見上げれば、戸惑う様子の彼と目が合った。

「これまで『嫌われ公爵』だなんて呼ばれていたのは、ルーヴェル様の女性に対する態度が問題だと思われていたからでしょう？　今この場で、私たち夫婦がいかに親密で円満かを見せつけることで、ルーヴェル様の噂が誤りだったのではないかという印象を植え付けているのです」

「……なるほど」

納得しつつもぎしりと身体を固くしたルーヴェル様に、小さく笑い声を溢していれば、こちらを眺めていたご婦人方が、近寄ってくるのが見えた。

年齢的にも過去のルーヴェル様を知っているだろう彼女たちは、彼がまともな挨拶をするのか試しに来たのかもしれない。

私たちの前に躍り出た二人の貴婦人は、つやつやと潤った唇の端を吊り上げ、弧を描くように笑みを浮かべた。

「ハウザー公爵、お久しぶりですわね。覚えていらっしゃいますか？　デヴォル侯爵家のアレスタですわ」

「ウィーヴ伯爵家のミネルヴァでございます。久々の舞踏会へのご参加、驚きましたわ」

身体のラインがはっきりわかる艶（なま）めかしいドレスに身を包んだ彼女たちは、前世でいえば、美魔女といったカテゴリーに入るのだろうか。

ふと浮かんだそんな考えに蓋をしながら、隣に立つ彼に小さく尋ねる。

「お二人に見覚えは？」

「……昔、粉をかけられた。返り討ちにしてやった」

返ってきた彼の言葉に、なるほど相手の恨みを買っているらしいことを悟る。

もしかしたら彼女たちこそが『嫌われ公爵』の通り名を広めた本人たちかもしれないが、今日の機会にはちょうどいい相手だった。

ルーヴェル様の変化を社交界に広めるために利用させてもらおう。

「ルーヴェル様、どうぞ昨日の復習通りにご挨拶を」

「……本当にやるのか」

昨日ハウザー公爵家の別邸に泊まった際、彼と私は近年の社交マナーについて今一度復習をしていた。

「大丈夫です。公爵夫人である私がいるのですから、妻の目の届く範囲で粉をかけられることはありません。言い寄られてお困りでしたら、私が追い払ってさしあげます」

「……約束だからな」

「はい」

拗ねたような声に微笑み返せば、ルーヴェル様は二人の貴婦人のほうへと一歩踏み出した。

その身を屈める(かが)ようにして、それぞれの手を取ると口付けを落とす。

「デヴォル侯爵夫人アレスタ様、ウィーヴ伯爵夫人ミネルヴァ様、ご無沙汰しております。本日は、妻クローディアと共に招待されましたので、久方ぶりにこの場に参上いたしました。どうぞよろしくお願いいたします」

涼やかな声で挨拶を告げると共に一礼をしたルーヴェル様の姿に、ご婦人方は見惚れるようにほうっと熱の籠った溜め息を溢す。

ひたすらに注がれる熱を帯びた視線を振り払うように、即座に隣に戻ってきた彼は、再び腰に腕を回すと私ごと引き寄せるような勢いで隣に立った。

「……香水臭い、ギトギト唇」

小さく囁かれた愚痴に、苦笑を抑える。

ルーヴェル様の苦手を知れたので、今後社交の場に出る際は気を付けることにしよう。

そんなことを考えていれば、彼の挨拶に気を良くしたらしいご婦人方が距離を詰めてきた。

「ハウザー公爵、よろしければ私とお話しいたしませんか？　久しぶりの舞踏会ですし、ダンスの仕方も忘れてしまったのでは？　私でよければお付き合いいたしますわ」

「あら、ずるいですわ。私も一度踊ってみたかったのです。ハウザー公爵にとって久々の社交の場ですもの。多くの人々の手を取っていただきたいわ」

身体のラインがはっきりと出る深紅のドレスを身に纏ったアレスタ様と、豊満な胸部を主張するように身体をくねらせるミネルヴァ様は、正に我が国の貴族女性を代表するような方々だった。

己に夫がいようが、気に入った男性には積極的に声をかける。

その行為を咎められることはないが、相手が既婚者の場合、男性の妻にのみ、その行為を咎める権利が与えられる。

今の状態で、ルーヴェル様のお誘いを跳ね除けられるのは、彼の妻であり彼女たちよりも身分の高いハウザー公爵夫人である私だけだ。

「ぐっ……耐えられん、断ってくれ」

隣から尋ねられた言葉に、考えを巡らせる。

ここで断りを入れるのは簡単だし、夫婦仲に問題がないアピールにはなるだろう。

しかし、女性からの誘いを頭ごなしに断ってしまってはやはり以前の彼と同じだったかと思われるだけだし、ハウザー公爵夫妻は排他的であるという評価を下されかねない。

ルーヴェル様には申し訳ないが、多少の線引きをしながらも、女性の誘いは積極的に受けていくのが汚名返上への近道だった。

「ルーヴェル様。大変心苦しいのですが、できる範囲で女性の相手をしていただくのは可能ですか?」

「……理由は?」

「円満な夫婦関係をアピールするには、周囲にも穏やかに接したほうがよろしいかと思います。周囲の女性に柔和に対応したルーヴェル様が、誰の手も取らず私の元へと戻ってくだされば、貴族女性たちはそれぞれ自分に脈がないことを感じとると思います。それでもしつこければ、もちろん私が追い払いますわ」

ルーヴェル様の名誉挽回(めいよばんかい)のためと言ってしまえば、自分の地位などどうでもいいと投げ出してしまう可能性がある。

自分よりも周囲を大切にする傾向のある彼は、私と共通認識である『円満な夫婦関係』のためだと伝えたほうが、協力を得られる気がした。

「……約束だからな。香水の臭いに嘔吐する前に戻らせてもらう」

「ふふ、もちろんですわ」

小さく笑いを溢しながら密談を終え、ルーヴェル様が一歩踏み出せば、彼女たちは喜びに目を輝かせた。

「私は壁のほうにおりますから、お二人と踊られたら迎えに来てくださいませ」

「あら、クローディア様も他の男性と踊られたらいかがですの？」

「そうですわ、久々の舞踏会でしょう？」

アレスタ様とミネルヴァ様の笑みには、明らかな毒が含められている。

彼女たちが私に別の男性と踊ることを勧めるのは、私を慮ってのことではなく、妻の目が無ければ夫を口説いてもよいという暗黙のルールがあるからだ。

「いえ、私は久々の社交界に戸惑っている夫が心配ですので、遠くから見守らせていただきますわ」

「あら、そうですの」

「まあ。クローディア様がそれでいいなら、かまいませんが」

昨今の社交界において、女性は積極的に男性に声をかけるものだから、私の行動は周囲からは少々浮いたものになってしまうだろうが、隙あらばルーヴェル様に手を出そうとしていた彼女たちには、しっかりと釘を刺しておかねばならない。

まるで売られていく子牛のように不安げな視線を向けてきたルーヴェル様に、小さく握り拳を握ってエールを送った。

アレスタ様の手を取り、ダンスフロアへと移動していく背中を見送りながら壁のほうへと移動する。

壁側に身を寄せた私にちらちらと向けられる視線は、明らかに好奇心から来るもので、いちいち相手にするようなものでもない。

二人と踊ったルーヴェル様が戻ってきたら、またしばらく共に会場を巡って円満な夫婦をアピールし、彼に興味を持つ貴族令嬢がいればあと数人は踊ってもらうことにしよう。

ルーヴェル様に対する誤解や偏見が解け、女性に対する態度も改まったと周囲が認識すれば、もともと公務においては非常に優秀な人材でもあるし見た目だって群を抜いて美しいのだから、王族の目に留まって王城勤めを勧められることもあるかもしれない。

そんなこと考えながら、ダンスフロアに立つ彼の姿を見つめた。

彼がステップを踏むたびに揺れる銀色の髪は、瞬く星のように輝いているし、整った顔立ちにすっと伸びた長い手足、見惚れるような美しい容貌を眺めていれば、初対面で私が『王子様』だと口走ってしまったのも仕方のないことだろう。

前世でいえば乙女ゲームの王子様キャラ、今世でいえば絵本に出てくる王子様。

美貌の貴公子と自分が夫婦だなんて未だに信じられないが、毎夜のように身体を重ね、彼の本当の望みを知った今、徐々に本当の夫婦として関係が深まってきていると思う。

昨日はさすがに痕が残ってはいけないからと同じベッドで寝るだけだったが、それでも就寝前の口付けは情熱的で、うっかり流されてしまいそうになるほどだった。

そんなことを思い出せば、徐々に頬が火照ってくる。

——私は、ルーヴェル様に惹かれているんだわ。

会場の隅で一人自分の恋心を自覚していれば、ふと目の前が陰った。

何が起こったのかと視線を上げると、目の前にこちらを覗き込む見知らぬ男性がいた。

私よりも頭一つ分背の高い彼は、少し癖のある金色の長髪を一つに束ね、長い睫毛に縁取られた橙色の瞳は楽しげに細められている。

整った顔立ちである男性の左目の下には、特徴的な黒子があった。

こちらを見下ろす彼が、にこっと笑顔を作った瞬間、ぞわりと何かが背中を這い上がってくる。

「やあ、クローディア。久しぶりだね」

その声を聞いた瞬間、記憶が濁流のように流れ込んできた。

——ああ、この人が。

これまで押さえつけていた蓋が吹き飛ばされてしまったかのように、閉じ込められていた記憶が頭の中を駆け巡る。

十二歳のとき、目の前に立つ男性と婚約を結んだことで、私は王族の婚約者となった。

彼の婚約者として厳しい淑女教育を施されたにもかかわらず、当の本人は我関せず、王立学園で奔放に振る舞う彼の行動を何度諫めてきたかわからない。

難癖を付けられ婚約破棄された挙句、王命だと『嫌われ公爵』に嫁ぐように告げられた瞬間の憤りがありありと蘇ってくる。

それらの感情を思い出すと共に、失われていた第三王子についての記憶を取り戻した私は、歪みそうになる口元を引き結び、我が国の貴族として淑女の笑みを浮かべた。

「ご無沙汰しております。ロレンス殿下、ご健勝のようでなによりです」

ドレスの裾を広げ、王族に対して礼をとって応対する。

婚約関係にあった頃は『ロレンス様』と呼んでいたが、ルーヴェル様の妻としての立場を示すように、はっきりと呼称を変えて彼の名前を呼んだ。

挨拶を返した私に、相手は気さくな様子で声を上げて笑う。

「嫌だな、そんな他人行儀な態度をとらないでくれよ。なんたって私は君の元婚約者なのだからね。ああ、そうか。未練を残されたら困るからって、『嫌われ公爵』のもとに追いやったのはこちらだったか。ははは」

無神経な相手の言い分に、にこりと愛想笑いを返す。

第三王子のロレンス殿下は、昔からこういった気質だった。

女性を重んじるべきという聖母教のもとに育ちながらも、無意識のうちに女性を軽んじる行動をとり、周囲にそれを指摘されても、そんな些末（さまつ）なことは誰も気にしていないと己の非を認めない。

一見柔和に見えながらも、己の都合が悪ければ、相手を傷つけることも躊躇わない、常に自己中心的な考え方の持ち主だった。

だからこそ、私という婚約者がありながら他の女性に現を抜かし、更には己の立場が悪くならないようにと私を悪役令嬢に仕立て上げ、『嫌われ公爵』の元へと嫁がせたのだ。

約六年間、ロレンス殿下の婚約者として、その性分は十二分に理解しているつもりだったが、自身の婚約者である私に対して、ここまで冷酷な対応を取れるとは予想外だった。

根も葉もない話を真実のように仕立て上げられてしまったことについては、周囲に対する根回しや立ち回りができなかった自分にも非があるのだろう。

しかし、だからといって私を陥れた彼に対して、以前と同じように接することができるかといえば否だった。

あの夜会のあと、彼の婚約者だった『私』は死を迎えている。

今この場にいるのは、ルーヴェル様の妻でしかない『私』だ。

「そうつっけんどんな態度を取らなくてもいいのに。あのときは確実な婚約破棄のために、私に縋りつかれると困るなと思っただけだよ」

そう口にしながら楽しそうな笑い声を上げる彼は、軽い口調で配慮の無い言葉を口にする。

自分に未練を残すなと言ってきたにもかかわらず、こうして声をかけてきた相手の行動に対し、心の内は心底冷え込んでいた。

わざわざ王都外に追放した私に声をかけてきて、何の利益があるというのだろう。

「ま、あの女嫌いの『嫌われ公爵』が、自分の色を纏わせてきたことには驚いたけどね」

急に顔を覗き込まれ、思わぬ距離の近さに、ぞわりと肌が泡立つ。

ルーヴェル様の通り名に警戒の色を見せた私に、ロレンス殿下は愉快そうにくっと喉を鳴らした。

我が国の王子として、それなりに整っている容姿をしている彼だが、頭からつま先まで舐めるように向けられる視線が、気持ち悪くて仕方がない。

言葉を返さない私の行動をどう受け取ったのか、ロレンス殿下は腰をかがめてこちらを覗き込むと、一つに束ねた金色の長髪を払いながら口端を吊り上げた。

「今日の私は気分がいいから、一曲くらいなら踊ってあげてもいいよ」

「結構です。夫を待っておりますので」

誰が自分を捨てた元婚約者と踊りたいと思うのだろうか。

にこりと微笑みかけながら断りを口にすれば、殿下は驚いたように目を瞬かせた。

こちらを見つめながら不思議そうに首を傾げた彼は、ふっと息を漏らすと困ったように肩を竦める。

「そう拗ねないでよ。『嫌われ公爵』に嫁がせたのが、それほど堪えたのかな？　素直になっていいよ、今日だけ特別だ。私とまたダンスができるんだよ。嬉しいよね？」

「いえ、お気遣いなく。私は殿下と踊る予定はありませんので」

淑女の笑みを崩さないまま、はっきりと否定と拒否を示した。

我が国の社交界では、女性の意思が最優先されるため、私が拒否を示している間は、身分の差があろうと決して手を出すことはできない。

自分よりも身分も高い相手に正面から対峙できるのは、女性信仰の強い聖母教の教えが浸透しているからだ。

そう考えると、前世の記憶を取り戻して初めて聖母教に感謝したくなる。

黙り込んだ私を眺めていた彼は、これだけ否定されているにのにもかかわらず、その目を三日月型に細めると楽しげな笑みを浮かべた。

「そう頑なにならなくてもいいのに。……婚約期間中、君は一途すぎて面白みがないと思っていたけど、こうして見ると、一途に男に想いを寄せる姿って悪くないね」

理解できない彼の言動に、思わず眉根を寄せた。

確かに自分は彼との婚約期間中、王族の婚約者として、彼以外の男性との接触は避けていたし、もちろん心を傾けることもなかった。

聖母教の浸透する我が国では珍しいことだったのかもしれないが、王族の婚約者という立場で不誠実なことをしたくないと思ったまでのことで、面白みがないと言われる筋合いはない。

ちらりとダンスフロアに視線を向ければ、アレスタ様とのダンスを終えた彼は、ミネルヴァ様の手を取って踊り始めていたところだった。

二人目と踊り始めたルーヴェル様が戻ってくるまでには、今しばらくは時間がかかるだろう。

それまでは、この場所から離れるわけにはいかない。

「そんなに『嫌われ公爵』が気になるの？」

不意に、目の前にロレンス殿下の顔が現れた。

あまりに近い距離感に一歩下がるものの、彼は楽しそうに笑顔を浮かべるだけだ。

「気になりますわ。私はルーヴェル様の妻ですし、彼のことを夫として尊敬しておりますから」

妻である私の目が届く範囲では他の女性は手を出せないが、仮にもし私が明らかにロレンス殿下に気を取られているような様子を見せれば、アレスタ様とミネルヴァ様はすぐにでもルーヴェル様に毒牙を向けるだろう。

私を信頼してくれたルーヴェル様から、目を離すことはできない。

「なーんだ。あんなに私に執心していたのに、案外すぐに他の男に乗り換えてしまうんだね。結局クローディアも、他の女性と変わらないんだ」

まるで見損なったとでも言いたそうな彼の態度に、怪訝な視線を向ける。

「……おっしゃる意味が理解できませんが」

「言葉の通りだよ。君は一途だったから、突き放そうが他の男に嫁がせようが、ずっと私のことを想い続けてくれるものだと思ってたんだけどな」

あまりにも自分勝手な彼の言い分に、思わず笑顔を忘れそうになる。

引き攣りそうな口元をなんとか抑え込んで、淑女の笑みを張り付けた。

「お言葉ですが、私より他の女性を選ばれたのは殿下ですよね？　何をされても私の気持ちが変わらないというのは、あまりに傲慢なお考えかと思いますが」

「えーそうかな？　前に君が私に言ったじゃないか。『生涯の伴侶として、ロレンス様を愛することを誓います』って」

「……それは、婚約時の宣誓ですよね」

「あー、そう言われればそうだったかも？」

悪びれない様子で笑い声を上げるロレンス殿下の態度に、溜め息を溢す時間さえも惜しくなってしまう。

「もう十分でしょう。私に話しかけることはやめて、新しい婚約者の元へお戻りください。マリエル様も一人で心細い思いをされていますよ」

私が悪役令嬢に仕立て上げられ、ヒロインとして彼と結ばれたのは、男爵令嬢であるマリエル・アーヴァントだ。

貴族学園の中でも特に目立つような存在でもなかった彼女のことは、卒業パーティー後の夜会で、ロレンス様の隣にいる姿で初めて認識したが、薄茶の髪に控えめな目鼻立ち。この国にしては珍しく控えめな——前世の知識で言ってしまえば、平凡系の愛されヒロインといった感じの見た目の御令嬢だった。

「マリーはこないよ。悪阻がひどいとかで人前に出られないらしいから」

人前で愛称を呼ぶのはどうかと思いながらも、聞こえてきた言葉にぎょっと目を見開いた。

驚きを露わにした私を見て、殿下は不思議そうに首を傾げる。

まさかと思いながらも、震えそうになる唇を押さえながら、ゆっくりと口を開いた。

「……マリエル様は、身籠もられているのですか？」

「ああ、多分そう。最近調子が悪いからって今朝侍医に見てもらったんだ。そしたら悪阻らしいって言われたらしくて――あ、これ内緒だったっけ。まあ、クローディアなら口も堅いし大丈夫だよね」

「まさか本当に……まだ正式な婚約発表もまだですよね？」

正式な婚約発表前の懐妊は、あまり褒められたものではない。

そうなってしまったことは仕方がないだろうが、父親であろうロレンス殿下があまりに他人事のように話す様子に、底知れない不気味さを覚えた。

「私たちの婚約については今日の王宮舞踏会で正式発表するつもりだったんだけど、マリーがあの状態なら仕方ないかなって後日になったんだ。本人は今日参加したがってたみたいだけど、会場に吐しゃ物を撒き散らされたら舞踏会が台無しになっちゃうし迷惑でしょ？」

まるでマリエル様の体調など露ほどにも気にしていない発言に、背筋が凍りつきそうになる。

「迷惑など……そもそもロレンス殿下はマリエル様の側にいらっしゃるべきなのではないのですか？」

「あはは、クローディアの説教じみたその言い方、昔から変わらないな。マリーの側には侍医も医官もいるから大丈夫だよ。私がいたって何もすることもないし、何もできないからいるだけ時間の無駄でしょ？　それにマリーが私の子種が欲しいって言うから注いであげたんだし、悪阻だか何だか知らないけど、身籠もれたことを感謝してほしいよね」

からからと笑う相手を呆然と見つめる。

この男は、本気で今の言葉を口にしているのだろうか。

「大体、クローディアじゃなくてマリーを選んだのも、私の言うことを聞いてくれるってのが一番大きかったんだよね。クローディアは、私に一途な愛を誓っておきながら全然身体を許してくれなかったし。その点、マリーはクローディアとの婚約を破棄する約束をすれば、すぐにやらせてくれたし、私が望めばどんな場所でも受け入れてくれたよ。さすがに、子種を注いだのは婚約を結んだ後だけど」

あまりにも下卑た発言に、開いた口がふさがらなかった。

新旧婚約者を比較して、まるで婚約破棄の原因が私にあるような言い方に呆れながらも、マリエル様を女性としてあまりに軽んじている彼の発言に肌が泡立つ。

私への恨み言についてはもう気にならないほどに、目の前の男性の存在に嫌悪感を覚えた。

「それにしても、クローディアが『嫌われ公爵』にうまく取り入るとは想像していなかったなあ」

急に話題を変えられて我に返る。

ルーヴェル様を話題に、警戒心から思わず身を固くした。

「人聞きの悪いことを言わないでください。私は、与えられた婚姻の中で、円満な夫婦関係を築こうと努力をしているだけです」

「はは、そうだね。クローディアは王命に従っただけだ」

彼の手が伸び、肩を触られそうになったところを払いのける。

触れられまいと明確な拒否を示したのだが、手を払われた相手は、きょとんとした表情を浮かべたあと、なぜか納得したように頷きを繰り返していた。

「へえ、やっぱり悪くない」

その言葉に、嫌な予感がよぎる。

「……何が、でしょう？」

私の質問に、殿下は無邪気に首を傾げた。

「他の男を一途に想う女性って魅力的だなって思って。味見するのも悪くなさそう」

その言葉に、ぞっと背筋に冷たいものが走った。

女性の権利が大きく認められている我が国において、女性の意思を曲げるのは重罪に当たる。

他の男を一途に想う女性の味見をしたいという彼の発言は、その相手の意思を曲げて凌辱(りょうじょく)しようという意味に他ならなかった。

「……聖母教の教義に逆らうおつもりですか？」

「逆らう？　どうして？　私はまだ独り身だよ」

独り身であることを主張する意図も理解できないが、マリエル様を身籠らせておいて、そう口にできる相手の無神経さにぞっと背筋が寒くなる。

「マリエル様は、既に殿下の御子(みこ)を身籠られていると先程おっしゃいましたよね？」

「そうそう。だから先月ぐらいから全然相手にしてもらえなくて、最近はずっと独り寝ばかりでつまらないんだ。だったら『嫌われ公爵』を籠絡したクローディアの手管で慰められるのもいい経験かなと思って」

にこりとこちらに微笑みかけるその笑顔に悪意の色はない。

悪意の欠片もなく己を慕う女性を裏切り、更には別の女性の尊厳を傷つけようとする言葉を口にできる。

相手のこの上ない悪質さに、怒りすらこみ上げてきた。

「……生憎ですが、私は夫以外と身体を繋げるつもりはありませんので」

かろうじて取り繕った笑顔で応えれば、殿下は再び楽しそうな笑い声を上げる。

「またまた、一度くらいいいじゃないか。それに私たちは長いこと婚約者同士だったんだしね」

「嫌がる女性に好意を押し付けるのは、教義違反です」

断り文句を告げたにもかかわらず相手に言い寄る行為は、聖母教の定める女性に対する迷惑行為に当たる。

毅然と言い返したにもかかわらず、彼は怯むことなく笑みを深めた。

「はは、面白い冗談だね。あれほど私に入れ込んでいたクローディアが、私を嫌がるはずがないじゃないか」

「先程も申し上げましたが、私は既に婚姻を結んだ身です。今後ルーヴェル様以外の男性に心を傾けることはありませんし、触れられることも良しとしません」

「はは、私を拒否するようなような眼差しも、これまで見たことなかったな」

何を言っても通じないような相手の様子に、背筋に嫌な汗が伝った。

「衛兵を呼びますよ」

「冗談はそれくらいにしておいたほうがいいんじゃない？　私だって、あんまり拒否をされたら悲しくなってしまうじゃないか」

まるで自分が被害者のような言葉を口にすると、再びその手が伸ばされる。

頬へ触れそうになったその手を、再び弾くように払い落とした。

驚いたように目を瞬かせる彼を、真っ直ぐに見上げる。

「何度でも申し上げますが、私はハウザー公爵であるルーヴェル様の妻です。公爵夫人として彼を支え、彼の妻として寄り添うことを心に誓っております。以前の私は確かに殿下の婚約者として一途にお仕えしようとしていたのかもしれませんが、それは既に過去の話。婚約破棄が成立し、ハウザー公爵との婚姻が成された今、殿下と私は赤の他人です。過去の関係を持ち出そうとするのはおやめください」

半ば睨み付けるように告げたにもかかわらず、対峙する相手はへらりとその顔を緩めた。

「嫌だなあ、そんなにむきにならないでよ。冗談だよ、冗談。軽く君と旧交を温めたかっただけじゃないか。これまで散々私とダンスを踊ってきたんだし、たかが結婚したくらいで、そんなふうに他の男を寄せ付けなくしてしまうのは、自意識過剰すぎるんじゃないかな」

私が断固拒否をしているのは相手がロレンス殿下だからなのだが、己の非を認めないどころか私の落ち度に仕立てようとする彼の言い草に、ぐっと黙り込んでしまう。

ここで彼を拒否してしまえば、周囲の目に私は自意識過剰なあまりに社交を蔑にする人間だと映ってしまうだろう。

相変わらず口のうまい相手にしてやられた悔しさに唇を噛みながら、相手から伸ばされた手を見つめる。

ハウザー公爵夫人として社交的立場を選ぶのならば、この手を取るべきだ。

ハウザー公爵家のため、ルーヴェル様のため。

そう自分に言い聞かせ、ロレンス殿下の手を取るしかないと、震える手を伸ばそうとした瞬間、不意に私の手を掴む感触があった。

驚きに瞬いている内に、視界は白で埋め尽くされる。

それが白地の礼服であることに気付き、空色の宝石と金細工のクラバットピンが視界に入れば、私を抱き留めた相手の正体に気付く。

視線を上げれば、そこには剣呑（けんのん）な表情を浮かべる見慣れた顔があった。

「ルーヴェル様」

私の言葉にちらりとこちらに視線を向けた彼は、小さく頷くと、再びロレンス殿下へと視線を向けた。

「ロレンス殿下、ご無沙汰しております。約五年ぶりの社交の場ですので、王族の方への挨拶が遅れましたこと、心よりお詫び申し上げます」

全く侘びようと思っていないだろう憮然とした口調の彼だが、そんなことを気にした様子もないロレンス殿下は柔和な微笑みを返した。

「ああ、ハウザー公爵ですか。あまりにも長い間お姿を見かけなかったもので、一瞬誰だかわかりませんでした。久々にお会いできて光栄です。長きにわたって社交の場に姿を見せなかった『嫌われ公爵』が、ご健在だと知れて安心しましたよ」

「公爵領での仕事に忙殺されておりましたので、王都の行事への参加は見送らせていただいておりました。おかげで領政も安定してまいりましたので、領地改革に集中するお時間をいただけましたこと心より感謝申し上げます」

ハウザー公爵領は、我が国の南端という辺境にあるものの、数年前から王都と肩を並べるほどに栄え、第二の王都とも言われている。

ルーヴェル様の言葉が、国政に携わっていない第三王子に対する嫌味であることは、会場中の貴族たちも理解していた。

「そうでしたか、それはなにより。ああ、この度は私の元婚約者を押し付けてしまって失礼しました。粗相などしていませんか？　あまりに面白みに欠けるようなら、返品していただいても構いませんよ」

「なっ――」

ロレンス殿下の失礼な発言に思わず口を開きかけたところを、ルーヴェル様の腕に制される。

私とロレンス殿下の間に一歩歩み出た彼は、静かにその口を開いた。

「クローディアは私にとって唯一無二の妻ですので、手放すことなど考えられません。……それにしても、女性を貶める発言や嫌がる女性に言い寄ることは、聖母教の教義で罪に問われると教えられたのですが、この五年の間に教義が変わりましたか？」

「あはは、嫌だなぁハウザー公爵まで。冗談ですよ冗談。いちいち真に受けないでください」

ぴりっと肌を突き刺すような緊張感が漂う。

静まり返った会場の中で、周囲を取り巻く人々は、二人のやりとりに耳を澄ませているようだった。

片や婚約破棄を突き付け王都から追放した元婚約者、片や王命として無理やり婚姻を結ばされた現夫。

社交界で身を置く彼らにとっては最大級の噂のネタに、周囲の貴族たちは固唾をのんで事の行く末を見守っているようだった。

野次馬（やじうま）のような周囲の視線を肌で感じながらも、口がうまい元婚約者と、『嫌われ公爵』という悪評を抱えている夫とでは、ルーヴェル様のほうが分が悪い。

なんとかルーヴェル様の力になれないかと思うが、彼の腕に守られているような状況で、私がしゃしゃり出るのは彼に対する周囲の印象を貶めてしまう可能性もあった。

気まずい沈黙の中で思考を巡らせていれば、突然別の方向から歓声が沸き上がる。

その声に周囲と共に視線を向ければ、歓声に迎えられて会場に姿を現した王太子夫妻の姿が目に映った。

黒地に白銀の刺繍の入った王族衣装に身を包んでいるライオネル王太子殿下が手を振れば、周囲の貴族たちはわっと歓声を上げる。

側に寄り添うアンジェリカ王太子妃は、豊かな黒髪を結い上げ、鮮やかな空色のドレスを身に纏っていた。

王太子殿下はアンジェリカ王太子妃に何かを告げたあと、その場に留まった彼女を置いて、こちらへと足を向ける。

彼の動きに、周囲は一様に頭を垂れた。

王家主催の王宮舞踏会で揉め事を起こしたことを咎められるだろうかと、落ち着かない胸中のままに、周囲に倣って頭を下げる。

静まり返った会場の中に響く彼の足音は、ルーヴェル様とロレンス殿下の間で、その音を止めた。

王太子殿下を前にして、ルーヴェル様と並んで改めて最上級の礼をとる。

それは、彼の弟でもあるロレンス殿下も同様だった。

「楽にしていい」

ライオネル殿下の第一声に、いきなりの叱責はなかったことに安堵しながら顔を上げる。

拝謁の許可をくださった相手に向き合えば、なぜか殿下は私たちに向かって嬉しそうに顔を綻ばせた。

「やあ、ルーヴェル。よく来てくれたね」

「王太子殿下、ご無沙汰しております。……あれほどまでに情熱的なお手紙をいただきましたら、欠席の返信をすることはできません」

「はは、そんなことを言って、これまで同じような手紙を送っても何度も断ってきていたじゃないか。久しぶりに元気な顔を見ることができて嬉しいよ。ああ、結婚おめでとう。そちらは、クローディア嬢だな」

殿下の視線が向けられ、背筋が伸びる。

久々の対面に緊張に震えそうになりながらも、淑女の笑みを浮かべて背筋を伸ばした。

「ご無沙汰しております。クローディア・ハウザーでございます。久々に王太子殿下にお目にかかれましたこと、心より光栄でございます」

「クローディア、久しぶりだね。またこうして君の姿を見ることができて嬉しく思うよ」

その言葉に、どういうつもりだろうかと思わず探るような視線を向けてしまう。

私がルーヴェル様に嫁ぐことになったのは、王太子殿下の内々の『お願い』があったからだ。

王家の一員として『嫌われ公爵』に私を押し付けておいて、なぜ今回の再会を喜ぶのだろうか。

「……もったいないお言葉です。ハウザー公爵家に嫁いだときは、もう王都へ戻ることはないと思っておりましたので、この場にご招待いただけたこと感謝しております」

彼らの会話から察するに、ルーヴェル様の招待状に一筆書いた相手は王太子殿下だったのだろう。

それならば、己が押し付けた者同士がどういう状況にあるのか、確認する意味もあったのかもしれない。

「クローディアの優秀さは、淑女教育に携わった王城の講師たちからよく耳にしていたよ。君を招待しないわけがないだろう。なんなら私の側仕えをしてほしいくらいだ」

殿下がそう告げると、不意に隣から勢いよく腰を引かれた。

バランスを崩してぶつかるようになった私を、ルーヴェル様はその腕で強く抱き寄せる。

突然の行動に、言葉を失っていれば、斜め上からルーヴェル様の低い声が聞こえた。

「殿下」

「どうしたのかな？　ルーヴェル」

ライオネル殿下は、至極楽しそうにその顔を輝かせる。

「……クローディアは私の妻ですので」

「ですので？」

「ですので、つまり……」

言葉に詰まったルーヴェル様を見上げれば、不意に視線が合った。

私の顔を見た彼は、ぐっと何かを呑み下すと、覚悟を決めたようにライオネル殿下のほうに向き直る。

「クローディアは差し上げられません。彼女は私の妻ですので、私の隣が彼女の居場所です。側仕えなら他を当たってください」

その言葉に、一瞬会場はしんと静まり返った。

あの女性を羽虫のように追い払っていた『嫌われ公爵』が、己の妻に独占欲を示している。

その様子に会場の誰もが言葉を失っていれば、ふっと吹きだすような吐息が聞こえ、次の瞬間、弾けるような笑い声が響いた。

「あは、ははは。ルーヴェルは、己の妻を片時も離したくないらしい。はは、相変わらず可愛らしい感性をしている」

「殿下！」

真っ赤な顔で声を上げたルーヴェル様に、王太子殿下はひらひらとその手を振って見せる。

「『可愛らしい』と褒めたんだよ。妻が愛しくて独占したくなる気持ちは私にもわかるからね。ルーヴェルは、きっと彼女のことを心から大切にしているんだろう」

「なっ――そ、んなことは……ありますが……」

そんなことはない、と言い返すかと思ったのに、素直に殿下の言葉を受け入れてしまった彼の言葉に、思わず私まで頬が熱くなってしまう。

王太子殿下の話術に翻弄されるルーヴェル様の声が会場に響けば、先程の息が詰まるような会場の空気が一変して和やかなものになった。

民衆の空気を変えてしまう王太子殿下の存在に驚きながらも、針のむしろのような状況から救ってもらえたことを心の内で感謝する。

「その感じだと、私との約束は果たせそうかい？」

「……今はまだ公爵領の残務があります。邸に仕える若い者たちの育成が終わりましたら、いずれ約束は守らせていただきます」

急に真面目な口調になった王太子殿下の質問に、ルーヴェル様は含みを持たせるような言い方で返事をした。

話が見えないながらも、ルーヴェル様の口にした『約束』という言葉が引っ掛かる。

公爵領の責務や邸仕えの者たちに関わる話だとすれば、ハウザー公爵夫人である私にも関係することではないのだろうか。

二人の会話に口を挟むことに躊躇しつつも、隣に立つ彼を見上げた。

「ルーヴェル様。話が見えないのですが、公爵領に関係することであれば私もお伺いしてもよろしいでしょうか？」

見上げた先のルーヴェル様は、眉間に皺を寄せるとあからさまに視線を逸らす。

どうやら私には聞かれたくない内容だったらしいと、小さく肩を落とせば、ふっと小さな笑い声が耳に届いた。

「ルーヴェルから言いにくいようなら、私が説明しようか」

「……殿下」

「いずれは彼女も知ることになるだろう？　それならば早い内に知っておいてもらったほうがいい」

「ぐっ……」

王太子殿下の言葉に、ルーヴェル様は押し黙る。

それを了承と取った殿下は、改めてこちらへ視線を向けた。

「ルーヴェルとは貴族学園時代からの同輩なんだ。その頃から優秀な男でね。ずっと私の右腕として働いてほしいと――次代の宰相に就いてくれないかと打診していたんだ」

「ルーヴェル様を、宰相に……」

王太子殿下の言葉に、会場中が静まり返る。

殿下が口にした内容に少なくない衝撃を受けるが、ルーヴェル様の能力を鑑みれば、納得のいく采配ではあった。

しかし、彼には『嫌われ公爵』の悪評がある。

それを知らない殿下ではあるまいと戸惑いがちに視線を向ければ、王太子殿下はふっとその顔に笑みを浮かべた。

「そうだね、ルーヴェルには『嫌われ公爵』と呼ばれるほどの悪評がある。彼自身からも、貴族女性の『そういう癖』に対する嫌悪感が強いために、国の中枢を担う宰相職は担えないと再三の打診を固辞されていたんだ。だから私は彼と約束していたんだよ。いつか私がルーヴェルの認める女性を妻として紹介できたら、宰相になってほしいと」

「ルーヴェル様が認める妻……」

殿下の言葉に、周囲がざわつき始める。

それは、近くで話を聞いていた元婚約者である第三王子も同様だった。

「クローディア、君は昔からひたむきだったね」

真っ直ぐにこちらを見つめる王太子殿下の目が細められる。

「周囲に脇目を振らず、見返りを求めず相手に尽くし、邪険に扱われようとも相手のことを考えて、忠告のできる素晴らしい令嬢だった」

こちらに一歩踏み出したライオネル殿下は、胸に手を当て、目を伏せる。

それは頭を下げることのない王族が、謝意を表す際の所作だった。

「兄として、まず弟の不義理を詫びよう。君の心を傷つけ、悲しい思いをさせてしまったことを謝罪させてほしい」

次期国王である王太子殿下が謝意を示したことに、貴族たちはどよめき始める。

「あ、兄上、私にはそんなこと一言も――」

「ああ、ロレンス。そうやって人に責任を押し付けようとする発言はそろそろやめたほうがいい。私はお前の兄である前に、この国の王太子なのだから、我が国の行く先を考えて行動するのは当然だろう？　不出来な弟が、分不相応に優秀な御令嬢を得た上に蔑ろにしていると気付いていれば、いつまでもそのままにしておくはずがないだろう？」

王太子殿下の言葉に、ロレンス殿下は口元をひくつかせながらも笑顔を取り繕った。

「そんな……冗談、ですよね？」

「冗談だと思うかい？　弟の素行についてくらい調査しているさ。貴族学園時代から、目に余る行動を諫めようとしたクローディアを疎い、マリエルについては随分と女性の尊厳を貶めるような行為を繰り返していたようだね。聖母教の教えは、どうやらロレンスの頭には浸透していなかったようだ」

「はは、そんなことはありませんよ。確かに貴族学園時代からマリーと身体の関係はありましたが、お互いの合意の上のものです。マリーだって自ら私を求めて来たこともありますし、無理やりことに及んだなどということは――」

「マリエルの実家には借金があったね」

その言葉に、ロレンス殿下の肩がびくりと跳ねる。

「男爵家の借金を肩代わりしたのはお前だろう？　そうやって彼女の逃げ道を奪い、お前は自分に都合のいい女性になるように彼女を縛り付けた。この兄が、それくらいのことを見抜けないとでも思っていたのかい？」

「そ、それならなぜマリーとの婚約を反対されなかったのですか？　兄上なら、いくらでも反対する機会があったはずです」

「マリエルが、お前を望んだからだよ。我が国は聖母教の教えの下、女性の意思を重んじるからね。彼女がお前への愛情を抱いていなければ、そのまま処分してもいい案件だった」

「そんな——」

先程まで、かろうじてへらりとした笑顔を浮かべていたロレンス殿下も、旗色が悪くなったのを感じたのか、徐々にその顔をひきつらせる。

「せ、聖母教の教えのために兄上は女性の意思を尊重すると仰いましたが、男性の自由は尊重されないのですか？　浮気だって、男性は禁止されているのに女性は問題にならないなんて、おかしいんじゃないかと——」

「その通りだね」

「え？」

ロレンス殿下に向かって、ライオネル殿下は穏やかに微笑みかける。

「我が国が女性の権利を守る聖母教を重んじているのは、マリエルやクローディアのように意に反するかたちで男性に搾取される女性を救うためだ。そもそも聖母教の始まりは、遥か昔、権力や金にものを言わせて女性を奴隷として扱っていた貴族男性を戒めるためのものだった。しかし、時を重ねるにつれて本来の意義が薄れ始め、一部女性による傲慢な権利主張が社交界に蔓延し、おかしな慣例が出てきているようだ。私はそういった不適切な権利主張を正し、聖母教の教義を正しく浸透させていくことにも注力していきたいと考えている」

王太子殿下の主張に、一部女性が肩を震わせたのが目の端に映る。

社交界の中で、女性が身を守るために、聖母教の教えが大きな救いとなることは、先程ロレンス殿下と対峙して身に染みて理解した。

しかし、その聖母教の教えを一部女性が乱用してできあがったのが、今社交界で暗黙の了解となっている貴族女性の倫理の乱れなのだろう。

「そうだね、ルーヴェル？」

「……特に王都を中心に被害の声が上がっております。各領地でも、貴族女性からの誘いを断ったために職を追われたという声や、本来の恋人との間に介入されたために、我が領地に逃れてきた者もおりました」

ルーヴェル様の声に、会場の貴族達は再び静まり返った。

「ルーヴェル様は、なぜそれを……」

私の質問に、答えたのは穏やかに微笑む王太子殿下だった。

「ルーヴェルも共謀していたからね。『嫌われ公爵』として女性を寄せ付けない領地を築き、行き場を失った被害者たちの受け皿を作ってくれていた。ああ、ハウザー公爵邸にはバートもいただろう？バート・エングラー。私の幼馴染みであり代々王家に仕えるエングラー侯爵家の嫡男だ。ルーヴェルを補佐するようにハウザー公爵家に派遣したはずなのに、一向に戻ってこなくてね。クローディアからも言ってくれないか、そろそろ戻ってくるようにと」

殿下の言葉に、先程別邸で見送ってくれた彼の姿が浮かび、言葉を失ってしまう。

エングラー侯爵は現在陛下の側近として仕えており、その嫡男は長いこと海外へ留学していると耳にしていた。

　私と同様に、王太子殿下の話を耳にしていた貴族たちも驚きを隠せずにいる中、ただ一人真実を知っていたルーヴェル様が呆れたような溜め息を吐く。

「早く回収してください。確かに公務は助けられていますが、私生活になると口うるさくてかなわない」

「アイツが帰ってこないんだよ。どうにもルーヴェルの側が居心地いいらしくてね」

　親しげに言葉を交わす彼らの様子には、確かな信頼関係が透けて見える。

　その様子に、ルーヴェル様に向けられる視線が明らかに変わっていくのを感じていた。

　ルーヴェル様と談笑していたライオネル殿下はふと、視線を外す。

　その先には、先程までのやりとりを呆然と眺めていたロレンス殿下の姿があった。

「今話した通りだよ、ロレンス。私は我が国の代表として、愚かな慣例は近々厳しく取り締まり、聖母教の在り方についても正していくつもりだ。そのためにも、まずは聖母教の教えに反したお前に反省してもらう必要がある」

「えっ」

「どうした？　自分で言い出したことだろう？」

　王太子殿下の言葉はロレンス殿下に言い聞かせているようで、会場にいる貴族全員への通達でもあった。

「ルーヴェル、君の領地に逃れた女性の名前は覚えているかい？」

「ハンナ、ライラ、アレッタ。いずれも王都の城下町で暮らしていた平民である彼女たちは、金銭援助の対価として数年の肉体関係を持った後、一方的に関係を切られたそうです。架空の爵位と名前を名乗っていたようですが、姿絵と特徴的な黒子、同様の手口であることから裏を取り、相手がロレンス殿下であったことは確認できております」

「なっ――」

ルーヴェル様の言葉に顔色を変えたロレンス殿下を、衛兵が取り押さえる。

両腕を拘束された状態の彼に、ライオネル殿下は静かに告げた。

「申し開きは近々開かれる査問会でするといい。マリエルは公にしたくないと言っていたが『父』となるのならば、次の世代に負の遺産を残さぬよう、早めに身辺整理をしておくように」

その言葉に、ロレンス殿下は顔を青ざめさせた。

「お前の犯してきた罪を十分に反省するんだな。査問会が終わったのち、然るべき処罰を受けてもらおう」

大勢の貴族が集うこの場で、己の悪行が暴かれ、尚且つ婚姻披露前のマリエルの懐妊がほのめかされてしまえば、彼の評判は地に落ちるだろう。

王太子殿下の言葉によって、これまで積み上げてきた柔和な貴公子という仮面は完全に暴かれてしまった。

真っ白な顔で足元をふらつかせるロレンス殿下を、衛兵たちが引きずるように会場の外へと連れて行く。

収監される罪人の後ろ姿を見送った会場に、王太子殿下の手を叩く音が響いた。

「すまない、話がそれてしまったな。さて、話の続きをしようか」

仕切り直しの言葉に、周囲の視線は再びライオネル殿下へと注がれる。

「クローディアへの謝罪が途中だっただろう？　この度の一連の不祥事を、私の口から謝罪させてほしい」

名前を呼ばれて動揺する私に向けて、にこやかな笑みを浮かべた殿下は、再びその手を胸元に当てて目を伏せた。

王族の謝意を表す仕草に、会場は水を打ったように静まり返る。

「弟からの婚約破棄の提案を受けたとき、私が二つ返事で認めたことは間違いない。君がルーヴェルの妻となるに相応しい女性だと確信していたから、弟に再び興味を持たせないために、全てを伏せた上で嫁ぎ先として『嫌われ公爵』を推薦した。君の御両親であるラクラス伯爵夫妻には内密に話を通し、君の意思が確認でき次第、内々に婚約解消の手続きを行いハウザー公爵家に嫁いでもらう予定だったんだ。しかし、こちらが事を進める前に、弟が夜会で大々的に婚約破棄を宣言してしまった。弟の行動を完全に制御できなかったことは私の落ち度であり、君の矜持（きょうじ）と心を傷つけることになってしまったこと、心から侘びさせてほしい」

伏せていた目をゆっくりとこちらに向けた殿下は、姿勢を正すと為政者の顔で誠意を示す。

「長きにわたり我が王族に連なる者の愚行を諫め、死をもって正そうとしてくれたクローディア嬢に、心からの敬意を」

真っ直ぐに告げられた言葉に、胸の奥が熱くなった。

六年間の自分の努力が無駄ではなかったと示してくれた王太子殿下の言葉に、視界が滲(にじ)みそうになっていると、隣から低い声がかかる。

「……殿下、王家としてもう一点、彼女に謝罪いただきたいのですが」

「おや、なにかな?」

「彼女の噂についてです」

その言葉にルーヴェル様を振り仰げば、真っ直ぐに王太子殿下に対峙する姿が目に映った。

「クローディアが男爵令嬢に嫌がらせをしたという根も葉もない噂が、王都から離れた我が領地にまで聞こえてきています。そんな世迷い事を、まさか信じている者はいないと思いますが、念のためこの場ではっきりと否定していただきたいです」

「ああ、なるほど。ルーヴェルは大切な妻のために憤っているんだね」

「……殿下」

睨むようなルーヴェル様の視線を、ライオネル殿下は楽しそうに受け止めながら私へと視線を向ける。

「もちろん、クローディア嬢がマリエル嬢に嫌がらせをしたという事実はない。根も葉もない噂をでっち上げた者、またそれに協力した者たちについても、調べがつき次第相応の処罰を受けてもらおう」

殿下の言葉に、一部の会場の貴族たちは顔色を悪くした。

「これでどうかな？」

「結構です」

「はは、城勤めを願う立場として、ルーヴェルの機嫌は損ねたくはないからね」

楽しそうな笑い声を上げた殿下は、再び私に微笑みかける。

「ハウザー公爵夫人、どうかな？　これからもルーヴェルを支えてもらえるとありがたいのだが」

その笑顔は三か月前、生家であるラクラス伯爵邸に訪れたときのそれと同じものだった。

断ることを前提としておらず、私は是と返すしかない選択肢。

しかし今となっては、悲壮感は微塵（みじん）もなく、ルーヴェル様の婚姻相手として選んでいただけたことを心から感謝し、彼の隣に在れることを誇らしく感じていた。

目の前に立つライオネル王太子殿下に向かって、最上級の礼をとる。

「もちろん、今後ともルーヴェル様をお支えするつもりです。私を彼の妻に選んでくださり、誠にありがとうございました。心から感謝申し上げます」

私の返答を開いた殿下は、顔を綻ばせるように微笑んだ。

「やはり、君を選んだことに間違いはなかった」

殿下の言葉に笑顔を返せば、隣でルーヴェル様がこちらに倣うように礼を取る姿が視界に映る。

ついそちらに視線を向ければ、目が合った瞬間慌てたように顔を背けられてしまった。

そんな様子を見て、殿下は小さな笑い声を上げる。

「君たちは本当に仲睦まじい夫婦なんだな。それに、クローディアは以前に増して生き生きとしているようだ。やはりハウザー公爵領に閉じ込めておくのはもったいないな。どうかな、私の側仕えに――」

「殿下」

「どうしたんだい、ルーヴェル？」

呻くような声を上げたルーヴェル様に、楽しそうに首を傾げる王太子殿下。

殿下の言葉は、どう聞いても先程のやり取りを踏まえたからかい文句に違いないのだが、ずいと身体を乗り出したルーヴェル様は、私を背に庇（かば）うように王太子殿下の前に歩み出る。

「……クローディアは、私の妻だと言っているでしょう」

「ん？　それは先程も聞いたよ」

「くっ……わかって言っているでしょう？」

「さて、なんのことかな？」

とぼけたような明るい声に、ルーヴェル様は何かを押さえ込むようにその手に拳を握った。

「……私だけの妻だと言っています。不用意に声をかけないでいただきたい」

「はは、私だけの妻！　ふっふふ、あはは！　ああ、本当に、ルーヴェルはクローディアが絡むと随分と可愛らしくなるんだな」

楽しそうな笑い声を上げる殿下に、唇を噛みしめ恨みがましい視線を向けるルーヴェル様。

彼の言葉に熱を持つ頬を押さえながらも、お二人の仲の良さが窺えるような会話に、つい口元が緩みそうになってしまう。

それは会場の貴族たちも同じだったようで、いつのまにか周囲は温かな空気で包まれていた。

飛び交う会話を見守っていれば、不意にルーヴェル様がこちらを振り返る。

ぱちりと目が合った彼は、改めて殿下に向き直ると、丁寧に頭を下げた。

「殿下。申し訳ありませんが、私からも妻に説明する時間をいただきたく、部屋をお借りしてもかまいませんでしょうか」

「ああ、構わない。なんなら私からの侘びも込めて迎賓館を貸し切らせよう。ゆっくりと愛を確かめ合うがよい」

「殿下！」

「はは、冗談だ」

顔を赤らめたルーヴェル様を見て、弾けるような殿下の笑い声が響く。

殿下の心遣いにより早々に会場を辞することになった私たちは、会場の貴族たちに見送られながら、王宮侍女に案内され、城内にある迎賓館へと通されたのだった。

＊・＊・＊

煌びやかな迎賓館の玄関ホールを抜け、主寝室だという部屋に通される。

大きな窓の前にあった長椅子に向かい合うように私たちが腰を下ろせば、てきぱきと飲み物や軽食の準備を整えた使用人たちは、業務連絡を告げると部屋を去って行った。

静かになった室内には、バルコニーに繋がる大きな窓から涼やかな風が吹き込んでくる。

風に揺れるレースカーテンを見つめていれば、不意にルーヴェル様の大きな咳ばらいが響いた。

予想外に近くから聞こえた音のほうを振り向けば、いつのまにか近くに立っていたルーヴェル様から手を差し伸べられる。

「……良かったら、夜風に当たらないか」

「はい、喜んで」

ルーヴェル様からの誘いを受け、その手を取れば、導かれるようにバルコニーへと連れ出される。

月明かりに照らされたバルコニーに出た私たちは、二人掛けの長椅子に並んで腰を下ろした。

迎賓館のバルコニーからは、瞬くような星空としっとりとした薄闇に包まれた王城の庭園が一望できる。

美しい光景に目を奪われていれば、庭園を吹き抜けてきた風がふわりと頬を撫でた。

風に舞う髪を押さえながら顔を上げれば、ふと隣に座る彼の横顔が目に映る。

「……ルーヴェル様、先程の話は本当なのですか？」

私の問いに、彼は視線だけをこちらに向けると、その目を閉じて静かに頷いた。

「概ね、奴の言うとおりだ」

整えていた髪をぐしゃりとかき乱した彼は、苦々しげに口を開く。

「アイツ――ライオネルとは貴族学園時代から続いている腐れ縁だ」

「ふふ、随分と仲のよろしいご様子でしたね」

「昔から人懐っこいやつなんだ。何かあるたびに私を訪ねてきていたし、初めは王族の気まぐれだろうと適当にあしらっていたが、何度追い払っても平気な顔で纏わりついてくるから、最終的にはこちらが折れた」

「目に浮かぶようです」

つい笑い声を溢してしまった私に、ルーヴェル様は肩を竦めるようにして溜め息を溢した。

「一度ライオネルから聖母教の在り方について問われたことがある。王族という立場のアイツに、聖母教に対する疑問と不満を包み隠さずぶつけたら、それなら私たちの手で変えていこうと平然と言われたんだ。それから私が『嫌われ公爵』という悪評を利用して被害者の受け皿となり、一枚噛んできたバートが証拠の洗い出しと罪状固めを始め、王太子として第三王子の尻尾を掴んだライオネルは奴の処分を内々に進めていた」

彼の言葉に、ただただ驚くことしかできない。

社交界という泥濘(でいねい)の中で、自分だけが清廉潔白であればと満足していた自分が、あまりにちっぽけに思えて恥ずかしくなってしまった。

隣で星空を見上げるルーヴェル様は、ライオネル殿下と共に、この国の貴族たちの在り方自体を正そうとしていたのだ。

それはまさに、次代の王であるライオネル王太子殿下を支える宰相となるに相応しい行動だった。

「あの……王太子殿下が、おっしゃっていた約束は本当なのですか？」

会場で聞いた殿下の言葉が蘇る。

『私は彼と約束していたんだよ。いつか私がルーヴェルの認める女性を妻として紹介できたら、宰相になってほしいと』

私の質問に、背もたれから身体を起こしたルーヴェル様は、気まずげに視線を俯ける。

「ああ、宰相の件はあまりにアイツがしつこかったからな。聖母教が浸透していた我が国ではありえないと思って、自分を唯一の夫とする妻を要求した。あの頃は特に群がってくる浮気女性に嫌気が差していて、聖母教の教義に強い疑念を抱いていたからな」

苦虫を噛み潰したような表情に、学園時代のルーヴェル様の苦労が透けて見えるようだった。

この美貌で公爵という地位を約束されていれば、さぞもてはやされただろうし、女性からは散々言い寄られたことだろう。

彼につられるように星空を見上げながら、学生時代のルーヴェル様は間違いなく美少年だっただろうなとその姿を想像していれば、隣からぽつりと小さな呟きが耳に届いた。

「……まさか、貴様が選ばれるとは」

その声に隣を見れば、苦笑を浮かべたルーヴェル様と目が合う。

「ライオネルからの手紙に書いてあった名前に驚いたのも束の間、すぐに毒を呷ったという知らせを耳にして、アイツが私の妻として貴様を選んだ理由を痛感したよ。婚約破棄され、他の男にあてがわれるくらいなら自死を選ぶ。それほどまでに、元婚約者を一途に想っていたんだとな」

彼は膝の上で指を組み、その指先を見つめるように視線を俯けた。

「だから、初めて会ったとき『王子様』だと呼ばれたときは心底絶望した。まさか元婚約者の姿を重ねられるとは思っていなかったからな。同時に、それほどまでに他の男に心を寄せていた相手に、自分が愛されるはずがないと確信した」

「あれは――」

「第三王子と見間違えたんだろう？　私は三代前の王弟の血筋だからな。奴と見た目が似ている自覚はある」

「違います！」

彼の言葉を遮った私の発言に、ルーヴェル様はその目を瞬かせた。

驚いた様子の彼を目の前にして、私は勢いづいたまま言葉を続ける。

「あのときの発言は、ルーヴェル様に元婚約者の姿を重ねたのでは決してありません。ルーヴェル様があまりに美しくて、まるでその……幼い頃に見た絵本に出てくる王子様のようだと感じたんです。だから『王子様』とつい口を突いて出てしまったのですが、私の不用意な発言がルーヴェル様を傷つけてしまっていたこと、深くお詫び申し上げます」

実際第三王子のことは頭の片隅にもなかったが、あのとき彼を王子様と呼んでしまった本当の理由は、前世の記憶にある乙女ゲームの王子様キャラを彷彿とさせられたからだ。

前世の記憶を誤魔化すために咄嗟に嘘をついたせいか、頭を下げた私に、ルーヴェル様は困ったように笑うと頭を振ってみせた。

「別に、出会ったその日に元婚約者に未練があったことを責めるつもりはない。私のことを気遣って、そんな嘘をつく必要もないんだ」

そう口にしながらも、その笑顔には傷ついた彼の心が滲んでいるように見えた。

ルーヴェル様が私を信じきれないのは、私の主張に僅かながらも嘘が紛れているからなのだろう。

正しく想いを伝えられないもどかしさに唇を噛む。

「……淑女教育は、つらかっただろう？」

「え？」

ぽつりと溢された呟きに、思わず声を上げた。

聞き返した私を見て、ルーヴェル様はふっとその口端を緩める。

「泣いていただろう。王城の隅の庭園で」

「どうしてそれを……」

絞り出すような私の言葉に、苦笑しながら脚を組み替えた彼は、その視線を薄闇に包まれた庭園へと向けた。

「もう随分と前の話だが、私が二十歳のとき、不慮の事故で両親が急逝して爵位を継ぐことになった」

ルーヴェル様が早くに両親を無くされ、若くして公爵位を継いだことは、社交界でも一時期大きな話題となっていた。

「公爵位の継承には煩雑な手続きが必要で、その手続きのために一時期王都の別邸でしばらく生活をしていたんだ。その頃、クローディアは第三王子との婚約を終え、王城での淑女教育が始まっていた時期だろう」

「そうだと、思います」

彼が二十歳だとすれば、私は十二歳。

第三王子であるロレンス殿下との婚約が結ばれ、すぐに始まった淑女教育になかなか馴染めず失敗も多かったあの頃は、己の不甲斐無さから自宅へ向かう馬車の中で毎日のように涙を堪えていた時期だった。

「継承手続きのために毎日のように登城していたある日、書類の受け取りのために待機していた私を見かけたライオネルが、ただ待っているだけだと気も落ち込むだろうからと庭園で時間を潰すように言ってきたんだ。庭師が丹精込めて育てた大輪の薔薇が見ものだからと勧められたが、どうもその気になれなくて、一人当てもなくふらふらと歩いていれば、白百合の咲き乱れる場所で小さな黄色い塊を見つけた」

その言葉に、目を瞠る。

王城の庭園の隅、白百合の咲き乱れる場所。

彼の口にするその光景に、覚えがあった。

「よく見れば、その塊は黄色のドレスに身を包んだ人間で、丸まった状態で全身を震わせて泣いているようだった」

毎日の淑女教育で結果が出せず、日に日に自分に自信が持てなくなっていた時期。

朝からの講習で講師からの叱責を受けたあと、食事のマナー講習が終わったところで、少しの休憩時間をもらえたため庭園の隅に足を伸ばした。

風に揺れる花を見ていれば、張りつめていたものが緩み、ぽろぽろと零れ出てしまった雫を周囲に見られてはいけないと慌ててうずくまる。

顔を隠すように小さくなっていれば、不意にどこからか声が聞こえた。

顔を上げた先、滲んだ視界には、周囲の白百合と同じほどに白い肌と、花弁の上を滑る雫のように煌めく銀色の髪の麗人が映る。

美しい花には、妖精が宿ると聞く。

それはきっと白百合の妖精に違いないと、幼い私は『花の精』に当時の辛い思いを相談した。

あのとき、王城の庭園の隅で泣いていた私に声をかけてくれたのは――。

「まさか……あの『花の精』の正体は、ルーヴェル様なのですか⁉」

「……その呼び方は忘れてくれ。あのときだって否定はしなかったが肯定もしていない。そもそも、当時も私は成人男性だからな。どうして花の精だなんて見間違いができるんだ」

頭が痛そうにこめかみを押さえてしまった相手に、つい勢いづいてしまう。

「あまりにも美しかったからですよ！　周囲を白百合に囲まれた場所に、目を疑いたくなるような儚げな美しい人が現れたので、てっきり花の精が私を励ましに来てくれたのかと――」

己の勘違いを実感し、徐々に尻すぼみになる私の言葉に、ルーヴェル様はふっと吐息を漏らすと柔らかな微笑みを浮かべた。

「あのときも一方的に話しかけられたからな。訂正する機会を逃した」

「そう言われれば、そうだったかもしれません……」

言われてみれば、当時突然現れた花の精を疑いもせず、一方的に淑女教育に関する弱音を吐いてしまった気もする。

まさか本物の人間――当時も成人だった男性を花の精だと勘違いしていたという恥ずかしい過去に、徐々に羞恥心が沸き起こってくる。

見知らぬ男性になんてことを口走っていたのかと頭を抱えていれば、不意にぽんとその手が頭の上に乗せられた。

頭を抱えていた私の手を滑るように取った彼は、その手を引き寄せると指先にそっと柔らかな口付けを落とす。

「……あのとき、クローディアは婚約者に愛されるために、誰にも恥じない自分になりたいと言っていた。『複数の愛など要らない』と、はっきりと私に告げたんだ。そのとき初めて、我が国にも一途に相手を想える女性が存在することを知った。だから、ライオネルに条件を出したときも、心のどこかでは、もしかしたらそんな稀有な存在に出会えるかもという幻想を抱いていたのかもしれない」

そう口にしたルーヴェル様は、眉尻を下げるように微笑んだ。

「それがまさか、本人を紹介されるとは夢に思っていなかったが」

柔らかな夜風が、こちらを見つめるルーヴェル様の前髪を揺らす。

「……ライオネルからの手紙で名前を見たとき、正直に言えば嫌だと感じたんだ」

その言葉に全身の血の気が引いた。

当時の彼の態度から好かれているとは思ってはいなかったが、はっきりと告げられた拒絶の言葉に、思い上がっていた自分を突き落とされた気持ちだった。

「それは……申し訳ありませ――」

「違う。私がクローディアを受け入れがたかったのは、自分を唯一としてくれないことがわかっている相手を、愛することが恐ろしかったからだ」

彼の言葉に、思わず顔を上げる。

私を見つめる彼の薄紫色の瞳は、切なげに細められていた。

「公爵邸に姿を見せたクローディアは、あの頃のままの真っ直ぐな瞳をしていたし、その身を包むドレスや装飾品も全て元婚約者の色を帯びていた。そんな姿を目の当たりにして、元婚約者の存在を感じ取るなというほうが難しい」

「それは——」

苦しそうな彼の表情に、思わず言葉に詰まる。

第三王子に関する記憶を失っていたために、その色の理由も知らず荷鞄に詰めたドレスが、ルーヴェル様を苦しめていた。

申し訳なさに俯いていれば、ふと額に柔らかいものが触れる。

顔を上げれば、額に唇を寄せた彼の顔が目の前に現れた。

「……本当に、第三王子に想いはないのか」

その苦しげな表情に、胸が締め付けられる。

「無理やり想いを断たせるようなこともしたくなかったから、バートやマチルダにも口を出さないように伝えていた。もし、元婚約者への想いが消せないのであれば、それはそれで仕方がないと思っていたから」

そう口にした彼は、自嘲気味に視線を俯けた。

己を唯一としてほしいと願っていた彼は、私のドレスの色にどれほど傷ついたことだろう。

申し訳なさに胸が苦しくなる。

手を伸ばし、彼の手に己のそれを重ねると、向かい合う薄紫の瞳を見上げた。

「初夜の日にも申し上げましたが、第三王子の婚約者だった私とは、毒を呷った夜に決別しています。今の私はハウザー公爵家に嫁いだルーヴェル様の妻、ただそれだけです」

私の言葉に返された彼の困ったような微笑みに、ちくりと胸が痛む。

彼の疑念の原因になったのは、私が第三王子に関する記憶に蓋をしていたことが原因だ。

いくら今の私が本心から言葉を口にしても、過去を偽ったままでは本当の意味で彼の信頼を得ることはできない。

固く目を閉じ、深く息を吸うと、決意を胸に真っ直ぐルーヴェル様を見上げた。

「ルーヴェル様、お話があります」

私の言葉に、彼が身体を固くしたのがわかる。

緊張に震えそうになる唇を噛みしめて、口を開いた。

「初めてハウザー公爵邸を訪れたとき、私は記憶の一部を失っていました」

覚悟の告白を口にした私に、ルーヴェル様はしばらく瞬きながらも、訝しげな視線を向けた。

「……それは一体どういう意味だ？」

「信じられない話かもしれませんが、毒を呷り生死の境を彷徨い息を吹き返したとき、私にはこの世に生まれる前――前世の記憶を思い出していました。前世の記憶が甦ると共に今世の記憶の一部が失われ、第三王子についての一切が思い出せない状態でした。彼についての記憶を取り戻したのは、つい先程、本人を目の前にしたときです」

何を馬鹿なことをと一笑に付される可能性も考えていたが、彼は真剣にこちらの様子を窺っているように見えた。

自分でも荒唐無稽な話をしている自覚はあるが、それでも実際に起こったことなのだから事実を口にする他ない。

「……第三王子以外の記憶は、問題なかったのか？」

「恐らくは。息を吹き返して数日は記憶が曖昧でしたが、クローディア・ラクラスとして育った記憶は確かにありましたし、家族や我が国の一般常識については問題なく残っていましたので」

「そうか」

ルーヴェル様はこちらを見つめたまま、短く告げる。

こちらを観察しているようなその眼差しに、手放しで信じるとまではいかないものの、私の話を受け入れようとしてくれている姿勢を感じ取れて、仄かな勇気が沸いてくる。

「目覚めたとき、周りから自分の状況を聞いて『悪役令嬢』に転生したのだと気づきました。バッドエンドを迎えた後に息を吹き返してしまったため、王都から追放され『嫌われ公爵』に嫁がされる運命にあるのだと思ったのです」

「『バッドエンド』？　『悪役令嬢』？」

「あっええと、前世では物語の定番だったんです。『悪役令嬢』はヒロインに嫌がらせをする意地悪なご令嬢のことで、『バッドエンド』はその罪で断罪された後に悲惨な末路を辿ることを指します。たとえば、自分の父親と同じぐらい年の離れた相手に嫁がされるとか、修道院に送られるとか……。それなのに、ルーヴェル様に初めて出会ったとき、美しすぎる銀髪貴公子が現れたことに驚いて、つい『王子様』と声を漏らしてしまいました。そんなつもりはなくても、第三王子を彷彿させるような言葉を向けてしまって、申し訳ありませんでした」

謝罪の言葉に、ルーヴェル様は眉間に皺を寄せながらも、じっとこちらを見つめている。

「ドレスの色についても自邸にあったものを荷物に詰めてしまったのですが、我が国の慣習を鑑みて、黄色ばかりのドレスや装飾品が元婚約者の色を帯びていることに気付くべきでした。それに、前世は性別による優位性のない社会だったので、聖母教についても違和感を抱いていましたし、そのおかげでルーヴェル様の聖母教に対する疑問に共感できてしまったのではないかと思います。ずっと話さなくてはと思いながらも、前世の知識のおかげでルーヴェル様と仲良くなれただけなのではないかという思いから本当のことを言い出せず、ずっと貴方を騙しているようで――」

「ふっ」

勢いづいていた私は、ルーヴェル様の溢した吐息に固まった。

目を見開いたまま向かい合う相手を見つめていれば、口元を押さえた彼がぽつりと漏らす。

「どれも俄かには信じがたい話だな」

「そう、ですよね……」

信じてもらえなかったことに肩を落としながらも、それはそれで仕方がないだろうと思う。

突然前世の記憶が甦っただとか、記憶を失っていましたと言われて、はいそうですかと納得できるわけがない。

私が彼に真実を話したのも、きっと私が自分の罪悪感を減らしたいだけでしかなかった。

自己満足でしかない私の告白を聞いてくれた彼に感謝を込めて頭を下げれば、ふと繋いでいた手に力が込められる。

「ルーヴェル様？」

「……本当でも嘘でもどちらでもいいんだ」

その言葉に小さく聞き返せば、こちらを見下ろすルーヴェル様は柔らかく微笑んだ。

「その前世の記憶とやらが真実ならば、クローディアが息を吹き返す手助けをしてくれたことに感謝するし、真実でないならば、私を気遣ってくれた言葉を嬉しく思う」

そう告げると顔を寄せ、触れるだけの口付けを頬に落とした。

「クローディアが記憶を失っていようが前世の記憶を思い出していようが、その真っ直ぐさはあの頃から何も変わっていない。それは、私が保証する」

張りつめていたものを解いてくれるようなその言葉に、うっかり視界が滲みそうになる。

「もし前世というものが存在するとして、記憶を思い出したとしても、それは国外の夢物語を読んだことと変わらない。少し他国の常識を齧ったくらいで、人の根本はそうそう変わることはないだろう。

クローディアは、昔からずっとクローディアのままだ」

彼の言葉に、胸の奥にわだかまっていたものが解けていくのがわかる。

滲んだ視界からうっかり零れた一滴を指先で掬ったルーヴェル様は、なんだかおかしそうに笑った。

「泣き顔も変わらないんだな」

そう口にした彼は、私の眦に唇を寄せる。

驚きに瞬いた私を見て、ふっと小さな笑い声を漏らした。

彼の手が私の金色の髪を梳き、一房を掬うようにして口付けを落とす。

薄闇の中、月の光を浴び輝くルーヴェル様の姿は、ぞくりとするくらいに美しかった。

銀色の睫毛に縁取られた薄紫の瞳が、真っ直ぐにこちらを射抜く。

「改めて希う。どうか私の妻として、これからも側にいてくれないだろうか。私をクローディアの唯一としてほしい」

その言葉に、再び視界が滲みそうになった。

全て話した上で、受け入れてもらえたことが嬉しい。

じわりと滲んでくる幸福感を噛みしめながら、彼のほうへと手を伸ばし、膝に乗せられていた彼の手を両手で包むと、そっと指先に口付けを落とした。

驚きに目を瞠る彼に向かって、柔らかく微笑みかける。

「もちろん私の全てをルーヴェル様に捧げます」

そう告げると、私は彼の頬に唇を寄せた。

驚いた様子の彼を見て、ふふっと小さな笑い声を溢す。

「ルーヴェル様も、私を唯一としていただけますか？　私たちは、お互いを唯一の相手とする夫婦なのですから」

微笑みかければ、ルーヴェル様はしばらく目を瞬かせたあと、嬉しそうにその目を細めた。

「ああ、そうだな」

彼に腕を引かれ、体勢を崩した私は彼の胸へと雪崩れ込む。

抱きしめられた腕の中で、耳元に吐息交じりの囁きが響いた。

「生涯の愛を誓おう。言葉で伝えきれないぶんは、どうかこの身体に刻ませてほしい」

その囁きが終わる前に、ふわりと身体が浮いた。

膝下に手を回され、あっという間に私を抱きかかえたルーヴェル様はバルコニーを抜け、足早に部屋の奥へと向かっていく。

私だって察しの悪いほうではない。

王太子殿下のご厚意で迎賓館に送り込まれ、お互いの愛を誓い合ったこの流れで、向かう先は大体予想がつく。

天蓋付きのベッドの上に下ろされ、覆いかぶさってくる彼は、額に頬にと順に口付けを落としていく。

その薄い唇が重ねられれば、性急に割り入ってきた熱を帯びた舌が口内を撫でた。

上顎をなぞり、角度を変えて口付けを深め、絡みつくように舌を絡められると、混ざり合った唾液ごと舌を吸われてしまう。

「っ……んぅ」

熱に浮かされるように吐息を漏らせば、ふいに唇を食まれ、ゆっくりと彼の身体が離れていく。

ぼんやりとした思考の中で名残惜しく感じていれば、彼の手がドレスへと伸ばされた。

留め具が外されドレスの締め付けが緩んだと思えば、あっという間に下着のみの状態にされてしまう。

自身の上着を脱ぎ捨てた彼は、私の脚の間に膝を入れるようにしてこちらを見下ろした。

首元を緩め、こちらを覗き込む彼の眼には、確かな情欲の色が映っている。

「昨日は触れ合えなかったからな。胸元に残した痕も、たった一日で随分と薄くなっている」

そう告げた彼が胸元へ顔を埋めると同時に、ちりっとした痛みが走る。

胸の間、膨らみを強調するデザインのドレスであればすぐに見えてしまうような場所に、新しくはっきりとした紅(あか)い痕が刻まれていた。

「クローディアが見向きをしなくとも、煩わしい羽虫は出てくるかもしれないからな」

そう告げた彼の手が、胸の膨らみをやわやわと包み始める。

その手のひらが胸の先に触れるだけで、肌が粟立つような感覚が走った。

ただ撫でられているだけなのに、連日の夜の営みに慣らされた身体は、その先の快感を想像してしまう。

胸の先から注がれる甘い刺激に、じくじくと下腹に熱が溜まっていくのがわかった。

「クローディアは、ここが好きだろう？」

言葉と同時に両胸の先端を強く摘まれて、背中を突き抜けるような快感が走る。

「あぁっ！」

強すぎる刺激に跳ねた腰を押さえつけた彼が、もう一方の胸の先を口に含むと、じゅっと音を立てて吸い付かれる。

そそり立った先端を舌先で転がされ、弾くように捏ねられれば、とめどなく嬌声が零れる。

唇を噛んで嬌声を抑え込めば、太腿を撫でた彼の手が、脚の付け根に触れたのがわかった。

「あっ――ぁ、んぅっ……っ」

下着の上から割れ目をなぞった指先は、湿り気を帯びた箇所を見つけると、下着の横から指を滑り込ませる。

秘所に触れたその指先が、くちりと音を立てたことに、焼き切れそうなほどの羞恥心が湧きあがった。

横紐を解かれ下着を引き抜かれると、秘所を隠すものはもう何もなくなる。

蜜を零すその場所に、つぷりと彼の指先が沈められた。

溢れる蜜を捏ねるように入り口をくぷくぷと出し入れされると、毎夜繰り返された行為に散々慣らされた蜜口は、その指の動きを助けるように更に蜜を足してしまう。

数本に増やされた指に内側を掻きまわされれば、ぐちゅぐちゅと卑猥な水音が響く。

指先に敏感な箇所を擦られながら、再び胸の先に吸いつかれて舌先で先端を捏ねられ弾かれれば、あっという間に快楽の向こうへと押し上げられていく。

「ぁ、やっ――、あぁあっ！」

痺れるような快感が背中を這い上がり、頭の中を真っ白に染めていく。

達した余韻でちかちかと星が飛ぶような視界の中で、ルーヴェル様が首筋に顔を埋めたのがわかった。

首筋に吐息を感じた瞬間、ちりっとした痛みが走る。

「ル、ヴェル様……？」

掠れる声で名前を呼べば、痛みの走った場所にぬるりと彼の舌が這わされた。

「……第三王子と話しているクローディアの姿を見て、私がどれほどの焦燥に駆られたか」

言葉と同時に、強く肌を吸われる。

「んぅっ」

突然の刺激に情けない声が漏れた。

「クローディアが拒否しているのが遠目にでもわかったから平静を保てたが、もし楽しそうな様子が見えていたなら、自分がどんな行動をとっていたのか想像がつかない」

首筋に痕を残したルーヴェル様は、そう呟きながら再び胸の先を口に含む。

「ひぁっ」

先端に吸い付かれ、舌先に弾かれ甘噛みされれば、一度達した敏感な身体はいとも簡単に高められていく。

「クローディア。私の、私だけの妻だ」

「んっ……ぁ、やっ」

背中をせり上がってくる快感をなんとかしたくて身体を捩ろうとしても、全身から甘い刺激を注がれているせいでうまく力が入らない。

脚を持ち上げられ、彼の前に脚を広げた状態になると、恥ずかしさを感じる前に、彼に解されたその場所に熱いものがあてがわれる。

二度目に身体を重ねた日から、毎日のように何度も身体を貫かれてきた私には、それが何であるかすぐに理解できてしまった。

零れる蜜を纏った切っ先は、蜜口を押し広げ始める。

相変わらず慣れない圧迫感に奥歯を噛みしめれば、彼の手が太腿をなぞり敏感な突起に触れた。

先程までの愛撫で溢れた蜜を纏った指先の腹で、ぐりっと押されれば、その刺激に腰が跳ね上がる。

「ぁあっ！」

腰が溶けそうなほどの快感にみっともない嬌声が零れる。

花芯を捏ねる彼の指先から与えられる刺激に気を取られていると、内壁の浅い部分を押し広げていただけの熱棒がぐぷぷと肉壁を切り開いていく。

閉じている場所を押し広げる圧迫感は苦しいはずなのに、花芯から伝わる快感によって、その苦しささえも快楽に変換されてしまっていた。

突き上げるような抽送に、蜜が泡立ちぐちゅぐちゅと卑猥な音が響く。

ルーヴェル様の肩に脚を乗せられ、ずぷりと根元まで打ち付けられれば、咽喉の奥から押し出されるような声が溢れ出た。

「やっ――ぁ、は、んぁっ！」

熱に浮かされたように、口端からはただただ淫らな嬌声が零れる。

「ル、ヴェさ……ぁっ」

揺さぶられる中で必死に手を伸ばせば、彼の手に捕まれ手首に口付けが落とされる。

――『愛欲』の口付け。

その意味を理解して、腹の奥がきゅうと切なくなる。

銀色の長い睫毛に縁取られた薄紫の双眸と目が合った瞬間、彼の熱棒が最奥を貫いた。

「あぁぁっ！」

深いところにねじ込まれたソレが内壁を擦るたびに、苦しいような切ないような刺激が走り、腹の奥をじんじんと痺れさせていく。

揺れる視界の中で、切なげに目を細めるルーヴェル様の顔が映った。

漏れる吐息やその瞳に灯る情欲の色、上気した頬が己に対する興奮を示してくれているようで嬉しくて堪らない。

止めどなく零れる嬌声と、肌と肌がぶつかり合う音、貫かれるたびに響く卑猥な水音が、薄暗い部屋の中に響いていた。

「ディアっ……私の、クローディア」

腰を捉えられ、一層激しく腰を打ち付けられる。

激しく打ち付けられる抽送に腰が逃げそうになる度に、彼の手が敏感な粒を押し潰しては私を快楽の底へと沈み込ませた。

「あぁあっ！」

もう何度目かもわからない快楽の波に攫われそうになったとき、強く腰を押し付けられたかと思うと、内側で彼のモノがびくびくと震えるのがわかった。

彼が達してくれたことに喜びを感じながら、ゆっくりと手を伸ばせば、熱を帯びた吐息を吐いていた彼は、私の手を引き寄せるようにして腕の中に閉じ込められる。

強く抱き締められながら、ルーヴェル様と本当の意味で身体を重ねられたことに、これまで以上の幸せを噛みしめていた。

私の内側に熱を広げたモノが、沈められたまま徐々に質量を取り戻しつつあることは気付いている。

きっといつものようにこのまま次が始まるだろうことはわかっているのに、今日一日気を張っていたせいか、はたまた彼の体温に包まれているからなのか、抗えないほどの心地よさに意識が溶けそうになっていた。

「ル、ヴェルさま」

「……眠ってもいい。私は側にいる。これからも、この先もずっとだ」

彼は目を細めながらそう囁く。

その口調がいつも以上に柔らかくて、優しい声音に包まれるように、ゆっくりと瞼が下りていく。

頭を撫でる大きな手の温もりを感じながら、私は薄闇に溶け出すように意識を手放したのだった。

＊・＊・＊

——夢を見た。

ふわふわとした足元、ぼんやりとした周囲の景色。

それらを目にして、今自分が夢の中にいることに気付く。

王城の窓ガラスに映った、随分と若い自分の姿に、なるほどと心の内で納得がいった。

——ああ、これはあのときの夢だ。

夢の中の自分は、公爵位継承の手続きのために、今日も王城へと向かっているようだった。

連日続いた登城は、当時の私にとっては面倒でしかなかった。

王城ですれ違うたびに粉をかけてくる毒婦や傲慢令嬢を、何度返り討ちにしてきたかわからない。

先程も書類の受け取りを待っていたところに、近寄ってきた王宮侍女から不躾な視線を向けられ、『何か？』と苛立ちを隠そうともせず牽制（けんせい）すれば、戸惑った様子であっさりと逃げて行った。

あれくらいで怯むなら可愛いものだ。

身分が高く高慢な貴族女性は尚も執拗に追いかけてくるか、こちらの態度を糾弾してくる者も少なくない。

不満と苛立ちを込めて深い溜め息を溢せば、ちょうど居合わせたらしいライオネルに先程のやり取りを見られていたようだった。

『たまには気分転換でもしたら？　庭園に出れば、庭師が丹精込めて育てた大輪の薔薇が咲いているよ。それに、貴族女性は日に当たることを嫌うから、きっと日中屋外では出くわさないさ』

花なんぞを見て気分が変わるかと思いながらも、人気が少ないのならばと提案通りに庭園に足を向ける。

王城の庭園に咲く薔薇はさすがの華やかさだったが、ライオネルの言うとおり、とにかく人気が少ないことに安堵しながら歩いていれば、端のほうに黄色い塊が蠢いているのが視界に入った。

ぎょっとしながらも、よく見ていれば黄色いドレスに身を包んだ少女であることがわかる。

小刻みに揺れているのは、恐らく泣いているのだろう。

厄介なものを見てしまったと思いながらも、ここで知らぬ顔をするのも人としてどうなのかと葛藤し、しぶしぶ声をかけることにした。

『おい、何をしている』

うずくまる少女を見下ろしながら声をかければ、少女は潤んだ瞳でこちらを見上げた。

柔らかく波打つ金色の髪を橙色のリボンで一つに束ねた彼女は、涙を見られなくなかったのか、慌てて目元に溜まった涙をぬぐう。

――迷子か、それとも王族との接触を図ろうと忍び込んだ身の程知らずの令嬢か。

これまで言い寄ってきた女どもに散々な目に遭わされてきたため、つい穿った見方をしてしまう。

『ここは王族以外許可を得ないと立ち入りできない庭園だが、許可は得ているのか？』

『……直接の許可は得ていませんが、講師の方から、じきに王族の縁者となるのだから下見をしてもいいと言われました』

か細い彼女の返答を受けて、なんとなくだが彼女の正体を把握した。

我が国の直系の王族は、現在の国王陛下夫妻と王子が三人のみだ。

王太子であるライオネルは既に結婚をしているし、じきに縁者となると言われたのならば、王子のどちらかの婚約者だろう。

年の頃を考えれば、第三王子のほうだろうか。

『貴方は、花の精ですか？』

『は？』

あまりに突拍子もないことを言われて、思わず顔が引き攣った。

何を馬鹿なと言葉を続けようとしたが、キラキラと輝く瞳を向けられてしまえば、飛び出しかけた口汚い言葉が引っ込んでしまう。

『もしかして、私の弱音を聞いて励ましに来てくださったのでしょうか？』

『なにを……いや、まあ弱音くらいは聞いてやらんことはないが』

どうせ時間つぶしの散策だ。

小娘の戯言ぐらい聞いてやってもいいかと、少女の隣に腰を下ろす。

『で、なんで泣いてた？　何が悲しい？　何が不満だ』

さっさと片付けてこの場を去ろうと早口で問えば、少女は顔を俯けて小さく呟いた。

『不満はありません。悲しいことも、特にはないんです』

『では、なぜ泣く？』

『悔しいからです。期待してもらって、貴女ならできると先生方は厳しく指導してくださるのに、それに応えられない自分が悔しい。ロレンス様の婚約者として、優秀な貴族女性を目指さないといけないのに、私はどうしても同じところで躓いてしまうんです』

図らずしも先程の疑問の答えをもらい、第三王子の婚約者だという少女の姿を今一度確認すれば、そのドレスは第三王子の髪の色だったし、リボンは瞳の色だった。

なるほど、第三王子は相当婚約者に愛されているらしい。

『別に女性が優秀だとか優秀じゃないとか関係ないだろ。聖母教に守られてるんだから、第三王子にこだわる必要もないだろうし』

第三王子の寵愛（ちょうあい）がなくなれば、他の男性に粉をかければいい。

今の社交界では、それが認められていた。

『そんなの、逃げじゃないですか』

『は？』

『私には、複数の愛なんて必要ありません。誰にも恥じない自分になれれば、いつか私も愛される日がくると信じています』

『……第三王子に？』

『そうですね、私の婚約者ですから』

その言葉に、素直に羨ましいと思った。

他に脇目もふらず、己の愛を得たいがために努力してくれる女性が婚約者だという第三王子。

『そんなふうに想われる、相手は幸せ者だな』

調度品や宝飾品かのように値踏みされ、見た目や地位に群がるだけの女性に囲まれる自分と彼は、何が違うのだろう。

『……第三王子に認めてほしいなら、ここでうじうじしてる時間のほうがよっぽど無駄だろ』

私の言葉に少女は目を瞬かせると、嬉しそうに微笑んだ。

『確かにそうですね！　励ましの言葉をありがとうございます！』

白百合に囲まれたその場所で微笑む彼女の笑顔はまるで太陽のように眩しくて、思わず目を細めてしまう。

『話を聞いてくださってありがとうございました！　また、ここに来てもいいですか？』

『私は王族でないから許可は出せない』

『ふふ、そうでしたね。花の精ですから』

微笑みながら口にした彼女の言葉を、否定することはしなかった。

第三王子の婚約者として将来の道が決まっている彼女に、今更自分の正体を明かすつもりもない。

立ち去っていく彼女の後ろ姿を、呆然と見つめる。

——こんな考えの女性も、我が国には存在したのか。

聖母教に守られた我が国では、もう男の寵愛を当然とする女性ばかりがひしめいているものとばかり思っていた。

これほどまでに、一途に誰かを思い、その相手の愛を得たいと努力できる。

身分が高い男、見目がいい男をはべらせ、まるで品評会のように己の男性遍歴を口にする女性の姿に吐き気を催すほどになっていた自分にとっては、目が潰れそうなほどに眩しい存在だった。

このような女性に想われたい。愛されたい。

――いつか私も、彼女のような存在と巡り合えるだろうか。

そんな夢物語のようなことを考えながら、彼女の後姿を見送った。


ライオネルたちと共謀して、年月をかけて『嫌われ公爵』という立場を確立し、被害者の救済を進めていた頃、第三王子による性被害の噂が耳に入ってきた。

その名前にふと彼女の姿が脳裏に浮かんだものの、直ぐには証拠もないため、どうすることもできなかった。

第三王子の素行調査を進め、その罪状があらかた固まったとき、事件が起きた。

卒業パーティー後の夜会で、第三王子は己の婚約者だった彼女に、根も葉もない罪を被せて婚約破棄を告げ、更には私に嫁ぐよう王命を下したのだという。

何を馬鹿なと机を叩きながら、届いた書状を握り潰したのも束の間、すぐに彼女が服毒自殺を図ったとの知らせが入った。

その知らせに、ライオネルを含めた王家の人間たちを呪いたくなった。

たった一人の女性の心も救えないで、何が王家だ聖母教だ。

苛立ち紛れに握り潰した書状を火にくべれば、数日して、新たに別の書状が届いた。

そこには彼女が命を取り留めたこと、そして予定通り私との婚姻が進められることが記されていた。

『初めまして。本日からお世話になります、クローディア・ラクラスと申します』

輿入れの日、背筋を正して己の名前を告げた彼女は、あの頃とちっとも変わらない瞳で真っ直ぐこちらを射抜く。

その視線に慌てて身を翻し、足早にその場を去りながら、早鐘を打つ胸元を押さえて執務室に飛び込んだ。

夕暮れに染まった静かな部屋の中で、天を仰ぎながら息を整える。

――彼女は、覚えていなかったのか。

先程彼女が口にした『初めまして』の一言が、小さな棘のように心の奥に刺さっていた。

幼い頃の記憶など、忘れていても無理はない。

そんなことはわかりきっているのに、何を期待していただろうか。

第三王子の色を纏った彼女の姿を思い出して、喉の奥から自嘲の笑みが零れてしまう。

覚えていたらなんだというのだ。

おかしな期待を抱く自分を戒めるように頭を振ると、邪念を追い払うように執務机に向かい、残務を手に取った。


『初恋の女性なんでしょう？　どうしてそんなに躊躇するんですか？』

顰め面のバートは、呆れまじりの溜め息を溢す。

『誰がそんなことを言った。昔一度会ったことがあるだけで、彼女自身覚えていないのだから、我々の出会いはあってなかったようなものだ』

執務室で黙々と公務をこなしていれば、横からねちねちと小言が飛んでくる。

『毒婦は滅びろ傲慢令嬢は消え失せろなルーヴェル様が、一人の御令嬢のことをちゃんと覚えているだなんて一目惚れ以外に考えられませんが』

『私は、他の男を想う女性を好きになったりしない』

『ほら、結局そうなんでしょう？　それって彼女が第三王子を想っているかもしれないから、自分の気持ちを認めたくないだけですよね？』

詰め寄ってくるバートに、うっと言葉に詰まる。

『どうして彼女のドレスの色について言及することを禁じるんですか？　聞いてしまえば簡単ですよね？　それにハウザー公爵家であの色のドレスを纏っていることは、彼女の評判を落としかねないと思いますが』

『……無理やり想いを断たせるようなやり方はしたくない』

『はあ、どんだけ甘い考えをお持ちなんですか我が主は』

『私はお前の主になった覚えはないが』

エングラー侯爵家の嫡男であるバートは、身分を伏せて我がハウザー公爵家の使用人頭に扮しているが、れっきとした王家の腹心だ。

『いいですか？　そこまで言うならちゃんと彼女を口説いてください。彼女に好意を抱いてもらい、第三王子なんてクズはどうでもよくなるくらい、ルーヴェル様で頭をいっぱいにするんです』
わかりましたね、と念を押してくるバートを曖昧な返事で受け流す。
簡単に言ってくれるが、そううまくいけば苦労はしない。
これまで女性を切り捨てることしかしてこなかった自分は、好意を示すような振る舞いをしたことがなく、うまく誘うこともできなければ、二人で何を話したらいいかもわからなかった。

『もし本気で証明したいというのならば、貴様が上となり私を受け入れるがいい』

そう口にしたのは、どうせできるはずがないと、軽く脅すだけのつもりだった。

出会った日から何も進展せず、毎日のように元婚約者色のドレスを身に纏っていた彼女を目にしていた私は、取り返しのつかないことになる前に彼女を自由にしようと考えていた。

しかし、私の提案に彼女はできると口にすると、明らかに慣れないぎこちない仕草で上に乗り、たどたどしい手つきでシャツのボタンを外し始めた。

その手に撫でられ、髪色を褒められれば、限界だった。

理性の飛んだ私は、想いを寄せていた第三王子にも許したことのない無垢(むく)な身体を組み敷き、その柔らかさに溺れるように夢中で貪った。

彼女の中に己の欲を吐き出した後も、上気した白い肢体を見下ろせば更なる熱が昂(たかぶ)ってくる。

そんな浅ましい欲望を悟られまいと背を向ければ、彼女の涼やかな声が私の名前を呼んだ。

ただそれだけなのに、胸の底に沈めていた感情が溢れ出しそうになる。

彼女に愛されたい。

いつか第三王子のことは忘れて、私だけを想ってくれる日がくるだろうか。

傲慢な願いが胸の内に渦巻く。

そんな浅ましい私の願望を知らない彼女は、いつのまにか細やかな寝息を立て、私の隣で眠りについたようだった。


『はぁ⁉　初夜以来一度も夜の営みが無いんですか⁉』

『おいっ！　声がでかい！』

執務室で打ち明けた相談を、大声で復唱するバートの口を慌てて塞ぐ。

『いやいや、もう結婚してから四週間ですよ？　一度も？　全く？』

『……仕方ないだろう。初夜の日には無理をさせてしまったし』

『無理ってどんなことです？　朝まで抜かずの十連発ですか？』

『おい、俺のことを何だと思ってるんだ』

鋭く睨み付けたところで、バートは呆れたように頭を振るだけだ。

『何があったかは聞きませんが、奥様を放置するのは良くないんじゃないですか？　初夜以降、一度も夜の営みがないとなると不安にも感じると思いますよ』

『うっ』

『不安を抱えているところに、優しく声をかけられれば、横から現れた間男に心靡(なび)いてしまうかもしれませんよねぇ』

『クローディアはそんな女性ではない』

彼女を侮辱するような言葉を否定すれば、バートはうんざりした様子で肩を竦める。

『それほどに奥様を想っているのならば、声をかければいいでしょう。うじうじ思い悩んで執務室の湿度を上げるのは勘弁してくださいよ』

そんなことよりも早く決済の確認をしてくださいと書類を積み上げられれば、執務机はあっという間に書類の山に埋まってしまった。

積み上げられた書面に目を通しながらも、脳裏に浮かぶのは、どうやって彼女に次の誘いを切り出すか、そればかりだった。


二度目の機会を得た私は、舞い上がるような心地だった。

破瓜の痛みを嬉しいと告げた彼女の口を塞ぎ、淡く色づいた胸の先を食めば、艶やかな声が漏れる。

愛液に潤った場所に指を突き立て、舌先で花芯を転がせば、彼女はその細い身体を震わせるようにして何度も達した。

思うがままに彼女を揺さぶり白濁を吐き出した私に、彼女は嫌悪感を示すばかりか、今後も夜の営みを続けたいと言ってくれた。

私が初夜以降、あの日のことを思い返しながら何度も自分を慰めていたことなど、彼女は知る由もないだろう。

円満な夫婦関係を目標としている彼女にとっては、夜の営みも、ただ夫婦にとって必要な行為だと考えているのかもしれない。

そんなことを理解しながらも、いきり立つ己の浅ましい欲望に抗うことはできず、結局その夜は朝まで彼女を抱き潰してしまった。

それからは箍が外れてしまったかのように、毎日のように彼女を抱くようになった。

貴族女性を嫌悪していた頃は、性行為など淫らで愚かな忌むべき行為のように感じていたはずなのに、クローディアを目の前にすると、どうにも抑えが効かない。

華奢な身体を腕の中に閉じ込め、その肌に吸い付き、己の剛直を突き立てたくて仕方がなくなる。

そんな己の浅ましい欲望にも、彼女は異を唱えることなく付き合ってくれているようだった。

『最近ちょくちょく気持ち悪いんですが』

『は？』

馬車の中でバートにかけられた暴言に顔を上げれば、非難がましい視線を向けられる。

『ふとした瞬間にニヤけてるんですよ、顔が。私と二人のときならまだいいですけど、会合やら折衝のときにはやめてくださいね』

『ぐ……わかってる』

なんだかんだ付き合いの長いバートには、自分の変化などお見通しらしい。

早朝から参加した商会連合の会議から邸に戻り、渡り廊下に差し掛かったところで中庭に彼女の姿を見つけた。

浮かれた気持ちで声をかけようとして、ぎしりと身体が固まる。

彼女の前に立っていた庭師たちの中から一歩踏み出した青年が、クローディアに小さな花束を渡すと、彼女の耳元へと顔を近づけた。

彼が何かを耳打ちした次の瞬間、クローディアはその顔を綻ばせるように笑った。

その瞬間、全身を掻きむしりたくなるほどの嫉妬心に苛まれる。

私以外の男性に、クローディアが微笑みかけている。

あんなに嬉しそうに頬を染めて、はにかむような笑みを浮かべて。

内心の動揺に身体が傾ぎそうになったとき、不意に彼女がこちらを振り返った。

私の存在に気付き、嬉しそうにこちらに駆け寄ってくる彼女の胸には、自分以外の男から受け取った花束が大切そうに抱えられている。

視界を黒く塗りつぶされるような心地で、何やら彼女が語りかけてくれた言葉も、うまく耳に入ってこなかった。

彼女を前に自分が何を口走るかわからず、逃げるように執務室に戻れば、すぐに彼女が訪ねてきた。

うっかり責めるような言い方をしてしまった自分に、なぜか彼女はお礼を口にすると、聖母教に抱いていた違和感に同意を示し、それぞれを唯一とする夫婦関係を提案される。

こんなに都合のいいことがあるだろうか。

夢なら覚めないでほしい。

そう心の中で一人ごちながらも、もう自分の変化から目を逸らすことはできなかった。

たとえクローディアが心の内で第三王子を慕っていようが、もう手放すことはできない。

私は、彼女を妻として、唯一人の女性として愛してしまっていた。


『あら、公爵夫人も隅に置けませんわね』

クローディアの提案を受け、王宮舞踏会で毒婦の対応をしていたところに鼻にかかった声がかけられる。

その声に弾かれるように視線を向ければ、クローディアの側に立つ第三王子の姿が映った。

明らかに迷惑そうに顔を顰めている彼女の様子にホッとしたのも束の間、そんな態度をものともせず奴はクローディアに触れようと何度も手を伸ばしていた。

その姿に、吐き気を催すほどの怒りが込み上げてくる。

すぐさま断りを入れてダンスを切り上げると、足早にクローディアの元へと向かった。

追い詰められた様子で唇を噛んだ彼女が、第三王子の手を取ろうとしたとき、すんでのところで彼女を抱き込み、相手の視界から隠した。

長年クローディアの献身を受けながら、一方的に婚約破棄を告げ、服毒自殺にまで追い込んだ第三王子。

私にとって彼は、怒りと憎しみの向かう先であり、排除の対象でしかなかった。

示し合わせたかのようなタイミングで姿を現したライオネルによって、第三王子の罪が公となり、衛兵たちに引き摺られるように連行されていく。

そんな姿を清々した心地で見送りながらも、長年想い続けてきた元婚約者の罪を明らかにしたことで、クローディアがどう感じたのかを確かめずにはいられなかった。

迎賓館のバルコニーで、もし第三王子への想いが消せないとしても、それごと受け止めるつもりであることを伝えれば、彼女は申し訳なさそうにその手を私の手の上に重ねた。

元よりクローディアを手放す気は微塵もないが、それでも彼女の気持ちを確認せずにはいられない私に、彼女は突然突拍子もない話を口にし始めた。

前世の記憶を思い出したこと、第三王子について一切の記憶を失っていたこと。

それらは全て、俄かには受け入れがたい内容だった。

荒唐無稽な話だと思いながらも、『前世』だの『バッドエンド』だの『悪役令嬢』だのと聞きなれない単語を口にしながら必死に第三王子への想いを否定するその姿を見て、なんだか張りつめていた糸が緩んでしまった。

私のために、こうまで必死になってくれる彼女の姿に、凝り固まっていた醜い感情が洗われていく。

初めて出会った庭園で、一途に誰かを想い努力する姿を眩しく思った。

ライオネルに突きつけた条件は無理難題だと思いながらも、もしかしたらという希望が捨てられなかった。

第三王子の色を纏った彼女の姿を何度目にしても、どうしようもなく惹かれる自分がいた。

身体を重ね、彼女を知るたびに愛しさを増し、気が付けば彼女のいない人生など考えられなくなっていた。

お互いを唯一として想い合い、愛し合う関係。

そんな夢物語のような私の願いを叶えてくれたのは、あのとき王城の庭園の隅で小さくなって泣いていた一人の少女だった。

＊・＊・＊

ふと目を開けば、そこには見慣れない景色が広がっていた。

レースのカーテンが引かれた大きな窓からは、柔らかな光が差し込んでいる。

いつもと違う部屋の様子をしばらくぼんやりと眺めたあと、昨日の出来事を思い出してハッと身体を起こした。

窓から差し込む陽の光を見れば、どうやらまだ昼時にはなっていないようだ。

ほっと胸を撫で下ろした拍子に、昨夜のまま一糸まとわぬ姿だったことに気付き、慌ててシーツを引き寄せて身を隠す。

周囲を見渡せば、隣のルーヴェル様が視界に映った。

いつもは眠る私を部屋に置いて執務に向かってしまうので、彼の寝顔を見るのは初めてのことだ。

昨日のやり取りを思い出して、なんだかくすぐったくも落ち着かない心地になる。

安らかな寝顔に緩みそうになる口元を引き締めながら、顔にかかる銀色の髪を耳にかけるようにそっと梳けば、不意に彼の瞳から不意に一筋の涙が流れ落ちた。

――悲しい夢でも見ているのかしら。

そう心の内で呟きながら、指先でそっと零れた雫を掬う。

二十歳になったばかりの頃に両親を亡くした彼は、これまで辛いことがあっても一人で抱え込むことしかできなかったのかもしれない。

これからは妻として、彼を支えられるよう努力しなければと気持ちを新たにしていれば、閉じられていた彼の瞳が薄らと開いた。

ぼんやりと映っただろう私の顔を認めると、その手を伸ばして胸元へと抱え込む。

ぎゅうぎゅうと力強く抱え込まれると、さすがに息がしづらかったため、腕の中で胸元を叩けば、幾分か腕の力は緩んだようだった。

「おはようございます、ルーヴェル様」

「……はよう、クローディア」

再び目を閉じて眠たそうにしている姿が可愛らしくて、つい笑みが零れてしまう。

「なにかありましたか？　なんだか難しい顔をされていましたが」

「……懐かしい夢を見た」

彼の腕に抱き込まれたまま、独り言のように溢される声に耳を傾ける。

「……私は、あのときからずっと、クローディアだけを求めていたんだろうな」

掴みどころのない彼の言葉に首を傾げそうになりつつも、微睡の中で口にした言葉の詳細を尋ねるのは野暮だろうと、そっと彼の胸元に頬をすり寄せる。

「よくわかりませんが、そう思っていただけるのなら嬉しいです」

私の言葉に応えるように、背中に回された手が優しく肌の上を撫でた。

エピローグ

「王都、ですか？」

「ああ、私も行きたくはないが約束は約束だ」

王宮舞踏会を終えて数ヶ月が経過した頃、執務室に呼ばれた私は、例のごとく人払いをされた空間でルーヴェル様と向かい合っていた。

開口一番に「王都へ向かう」と告げられた言葉を聞き返した私に、ルーヴェル様は眉間に皺を寄せたまま深い溜め息を吐く。

どうやら、王宮舞踏会で語られた王太子殿下との約束は、着実に実現に向かって進んでいたらしい。

「ここ数ヶ月引き継ぎで駆けずり回っていたからな。あと半年もすれば、公爵領の人事は落ち着くはずだ。そうすれば、王都の別邸を拠点として公務をこなしながら、数ヶ月に一度ハウザー公爵領に戻るような生活になるだろう」

「そう、ですか」

王都とハウザー公爵領とは馬車で一日近くかかる距離だ。

そうやすやすと行き来できるような距離ではなく、自然とルーヴェル様と会える機会も減ってしまうだろう。

それを寂しく感じてしまうのは、ただの私の我が儘でしかない。

彼は宰相という王族に次ぐ地位に据えられるべく王都に向かうのだから、そんな些細な私事は口にするべきではなかった。

「承知しました。それでは私は公爵夫人として恥じぬよう、邸を管理しつつ、ルーヴェル様のお帰りを心待ちにするようにいたします」

お任せ下さいと胸を叩いた私に、ルーヴェル様はポカンと口を開けた。

「ええと、なにか？」

「いや」

気まずげな沈黙が二人の間に落ちれば、小さく咳ばらいをした彼が視線を逸らしながらぽつりと声を漏らす。

「……私は、クローディアと離れるつもりはなかったんだが」

その言葉に、思わず目を見開く。

「できれば、王都でも一緒に暮らしたいと思っている。それに……愛する妻と数ヶ月に一度しか会えないなんて、私には耐えられそうにない」

彼の言葉の意味を理解すると同時に、ぼんっと音がする勢いで顔が熱くなった。

王宮舞踏会を終えたあの日から、ルーヴェル様は私に対して惜しみなく愛情表現を示してくれるようになった。

それは、あれほどに私との夫婦生活を応援してくれていたバートも「部屋でやってくれませんかねぇ」と愚痴をこぼすほどだ。

バートといえば、舞踏会の翌日、エングラー侯爵家の嫡男本人であることは確認済みだ。

初めから言ってくれればよかったのにと口にしても笑って流されるだけで、ライオネル王太子殿下の言葉を伝えても、ハウザー公爵邸の生活が気に入ってるんでとはぐらかされてしまった。

明らかに王都に戻るつもりはなさそうだが、これ以上私にできることは何もないので、彼の王都行きについてはルーヴェル様にお任せすることにしている。

ルーヴェル様は相変わらずのバートの口煩さに辟易しているように見えるが、なんだかんだ頼りにしているのだろう。

ここ最近、私を見かけるたびに口付けや抱擁を繰り広げるルーヴェル様の行動については、少々口煩く言われても仕方がないものかもしれないと思ってはいるが、そんな彼の真っ直ぐすぎる愛情表現に、心絆されている自分もいた。

「王都に移住するのは、気が進まないだろうか？」

彼の言葉にハッと我に返れば、不安げな視線がこちらを窺っていた。

「王都には嫌な記憶も多いだろうし、もし難しければ私一人で住まうことも検討する。しかし、数ヶ月もクローディアと離れて暮らすという状況は、私にはどうにも耐えられそうになく――」

「い、いえ！　すみません、私がただ勘違いをしてしまっただけで、王都に住まうことには何の問題もありません。王都のほうが実家のラクラス領へは近いですし、両親に会いやすくなることも少し嬉しいです」

「そうか」

私の言葉に、ルーヴェル様は安堵したように目を細めた。

「実家には親しくしていた侍女もいますし、随分と会っていませんから皆に近況を伝えたいです」

「……私も、改めてご挨拶に伺いたい」

「ぜひ！　家族も喜ぶと思います」

両親や弟の顔を想像して浮かれていれば、不意に視界が陰った。

いつの間にか隣に移動したらしいルーヴェル様の唇が、額に寄せられている。

驚きに瞬く私の手を掬うように取り、その甲を唇に寄せると、薄紫の瞳がこちらに向けられた。

「一緒に王都に来てほしい。王都だけでなく、これから行く先には、どこにだってクローディアの姿が側にあってほしい」

窓から差し込む陽の光にキラキラと輝く銀色の髪、整った顔立ちでこちらを覗き込む彼は、絵に書いたような貴公子だ。

洗練された美しい容姿に恵まれながら、中身は不器用なほどに真っ直ぐで可愛らしい人。

そんなルーヴェル様と共に在れることを心から幸福に思う。

「もちろん、喜んで」

私の返答と共に伸びてきた手に抱きしめられ、彼の体温に包まれる。

柔らかな口付けが額に落とされ、顔を上げれば、嬉しげに目を細める彼と目が合った。

「貴方の隣が、私の居場所ですから。ルーヴェル様の側にいさせてください」

そう続けた私の唇に、彼のそれが重ねられる。

柔らかな感触を確認するように唇を啄ばまれて、覆いかぶさってくる彼の上半身に圧されるままにソファに身を沈みこませたところで、扉の向こうからバートの大きな咳ばらいが響いた。

私たちの会話が途切れたことで、なんとなく察したらしい。

わかりやすい舌打ちをしたルーヴェル様は、話を付けてくると扉へ向かったが、いつものように執務中のいかがわしい行為は看過できないと言いくるめられて帰ってくるだろう。

そんな様子が容易に想像できてしまって思わず笑ってしまう。

バッドエンド後だと身体を固くしながら公爵邸の門をくぐったことが、今となっては遠い昔のようだった。

悪役令嬢として死を迎えたはずの私に、こんな結末が待っているとは思っていなかった。

――バッドエンド後も悪くないわ。

そんなことを心の中で呟きながら、扉の向こうで言い合っているルーヴェル様たちの声に耳を澄ませた。

窓の外には、抜けるような青空が広がっている。
ハウザー公爵領は、今日も暑い日になりそうだった。

あとがき

初めまして、こんにちは。まつりかと申します。

この度は拙作「転生悪役令嬢ですが、断罪されても嫁いだ先で円満夫婦を目指します！　ツンデレ公爵様の溺愛は想定外」をお手に取ってくださりありがとうございます。

こちらは初めてお声掛けいただいた書き下ろし作品であり、自身初めての『転生もの』となる、初めて尽くしの一冊となりました。

せっかくの機会なので、今回の作品について少しだけお話しさせてください。

ヒロインであるクローディアは、元々しっかり者で自立した女性です。

前世の記憶を思い出したくらいでその性格が揺るぐことはなく、ただ記憶にあった『悪役令嬢』の存在により、自身の運命をすんなりと受け入れやすくなったのではと思います。ヒーローであるルーヴェルは、女性への嫌悪とその役割からツンケンした性格を確立していましたが、そんな彼が、初恋のクローディアを前に好かれようとしたものだから、その行動はちぐはぐとなり、好きな子に対して素直になれない思春期男子のような拗らせ具合を発揮します。その辺りの下手くそな愛情表現が、クローディアが思い出した前世の記憶の『ツンデレ』と重なり、二人の関係が始まりました。

世の中には様々なツンデレが存在しますが、私自身はツンデレというよりツンギレと呼ばれがちな、ツンツンツンツンブチギレくらいの殊更ツンが強めなキャラが大好きです。

執筆前からツンは控えめにとご指示をいただいていたにもかかわらず、気付かぬ内にツンを爆盛りしておりましたが、途中我に返れましたので、最終的にはマイルドに仕上がったかと思います。


さてここで、今回の作品にご尽力くださった皆様にお礼を述べさせてください。

可愛らしいクローディアと美しいルーヴェルを描いてくださった森原八鹿先生、素敵なイラストをありがとうございました。

キャララフが届いた日は、興奮のままに喜びに舞い上がっておりました。

また、ひよっこである私の手を引きつつ、プロットの書き方からツンの調整まで手取り足取り導いてくださった担当編集様、支えてくださった編集部の皆様、ツンデレタイトルを押してくださった版元様、本当にありがとうございました。

最後に、沢山のタイトルが並ぶ中この本を手に取ってくださり、ここまでお付き合いくださった貴方様に心から感謝申し上げます。

この作品を読んで、少しでも楽しんでいただければこの上ない喜びです。ありがとうございました。

またどこかでお会いできましたら幸いです。

まつりか

ガブリエラブックスをお買い上げいただきありがとうございます。
まつりか先生・森原八鹿先生へのファンレターはこちらへお送りください。

〒110-0016　東京都台東区台東4-27-5（株）メディアソフト
ガブリエラブックス編集部気付 まつりか先生／森原八鹿先生 宛

MGB-106

転生悪役令嬢ですが、断罪されても嫁いだ先で円満夫婦を目指します！
ツンデレ公爵様の溺愛は想定外

2024年2月15日 第1刷発行

著　者　まつりか

装　画　森原八鹿（もりはらようか）

発行人　日向晶

発　行　株式会社メディアソフト
〒110-0016
東京都台東区台東4-27-5
TEL：03-5688-7559　FAX：03-5688-3512
https://www.media-soft.biz/

発　売　株式会社三交社
〒110-0015
東京都台東区東上野1-7-15
ヒューリック東上野一丁目ビル３階
TEL：03-5826-4424　FAX：03-5826-4425
https://www.sanko-sha.com/

印　刷　中央精版印刷株式会社

フォーマットデザイン　小石川ふに（deconeco）

装　丁　齊藤陽子（CoCo. Design）

ISBN 978-4-8155-4332-7